김소월과 조기천의

시어 사용 양상 비교 연구

도서출판 역락

김소월과 조기천의 시어 사용 양상 비교 연구

강용택 지음

도서출판 **역락**

머리말

책의 이름을 '김소월과 조기천의 시어(詩語) 사용 양상(樣相) 비교 연구'라고 붙인 것에 대하여 많은 독자가 의문을 가지게 될 것이다. 중학교 교육을 받은 사람치고 한국이나 조선 그리고 중국의 조선족들은 김소월의 시를 한두 수는 외울 수 있을 것이라고 생각한다. 그만큼 김소월의 시를 많이 접촉하였기 때문이다. 조기천은 조선과 중국의 조선족 학생들에게는 잘 알려진 시인이나 한국인들에게는 아직 낯선 존재인 것 같다.

독자들이 조기천 시인을 이해하는 데 도움을 주기 위해서 미리 그를 간단히 소개하고자 한다.

조기천은 1913년 함경북도 회령의 빈농 가정에서 출생하였다. 그는 어릴 때 부모를 따라 러시아의 극동지방으로 이주하였다. 그는 거기에서 성장하여 "조선 사범 대학"에서 교편을 잡다가 김일성 주석과 인연을 맺어 1945년 8월 김일성 주석과 함께 조선으로 들어왔다. 평양에 들어와서는 "조선신문" 편집국장을 지내면서 시인으로 활동하였는데 『백두산』은 그가 조선에서 발표한 첫 작품이다. 그는 1951년 육이오 전쟁 때 조선 군 최고사령부에서 작가 이기영과 함께 종군중 미군의 비행기 폭격으로 사망하였다. 지난해 조선 김정일 국방위원장이 러시아를 방문할 적에 옴스크에서 조기천 시인을 "조선의 푸슈킨"이라고 극찬한 바가 있기도 하다. 시인 조기천은 조선에서 "혁명 시인"으로 불리운다. 조선이나 중국의 소학교, 중학교에서는 조기천 시를 많이 접촉하나 한국에서는 그의 시를 다루지 않고 있다. 그것은 조기천 시의 내용과 관계되는 것 같다. 조기천 시 대부분은 조선의 조국해방전쟁과 사회주의 건설을 배경으로 하고 있다.

이 책은 모두 7장으로 되어 있다. 책의 제2장은 어음론적 표현에서 두 시인의 차이점을 밝혔고, 제3장에서는 시의 행과 연 조직에서의 차이점을 고찰하였으며, '제4장 어휘론적 표현'과 '제5장 문법적 표현'에서는 시어(詩語)의 사용과 문장 형식의 차이점을 비교하면서 두 시인의 성격 특성을 도출하여 내었다. 제6장에서는 수사법 사용, 문장 부호 사용, 문자의 사용 등에서 서로 다른 두 시인의 시적 풍격(風格)을 통해 시인의 개성을 살펴보았다. 물론 이 책에는 많은 부족점이 있으리라 생각된다. 앞으로 계속 수정하고 보완하여 나갈 것을 약속드리면서 독자들의 지도와 편달이 있길 바라마지 않는다.

끝으로 한국 출판계의 어려운 사정에도 불구하고 이 책을 흔쾌히 발간하여 주신 역락출판사 이대현 사장님께 깊이 감사를 표한다. 그리고 2001년 9월에 한국학술진흥재단의 한국학 파견 교수로 저희 중앙민족대학 조선언어문학학과에 오셔서 2002년 8월말까지 1년 동안 강의를 하신 중앙대학교 국어국문학과 이주행 교수님께서 이 책이 햇빛을 볼 수 있도록 도와 주신 데 대해 깊이 사의를 표한다.

2002년 9월 15일
강용택 씀

목 차

제 1 장
서 론

이 연구의 목적은 김소월과 조기천의 시어(詩語) 사용 양상(樣相)을 비교 연구하는 데 있다.

시인은 시 창작에서 자기의 개성을 나타낸다. 특히 시 창작의 표현 수단과 표현 수법 선택에서 시인의 개성은 집요하게 나타낸다.

김소월(1902~1934)과 조기천(1913~1951)은 부동한 시대가 낳은 민족의 시인으로서 지금까지 사람들의 심금을 울려주는 가장 사랑 받는 시인이며 우리 민족의 가슴마다에 『시비』로서는 『어엿한 민족의 시인』이라고 말 할 수 있다.

여기서 생활 환경과 시대 배경이 다르고 시 풍격(風格)과 개성이 다른 두 시인을 비교할 수 있느냐 하는 문제가 제기된다.

시인은 자기가 처한 시대에서 환경의 지배를 받으면서 시작품을 낳고 사회를 인식하고 인간 생활을 감수하며 어떻게 시적으로 구사하여 반영하고 있는가? 언어라는 공동 수단을 이용하여 형상 창조를 어떻게 개성적으로 하였는가? 진실하고 풍부한 생활 내용을 시적으로 어떻게 표현하였는가? 부동한 시대에 처한 두 시인은 민족의 전통을 어떻게 계승하고 발전시켰는가? 누구나 다 같이 이용할 수 있는 언어 수단을 두 시인은 어떤 면에서 어떻게 특색 있게 표현하였는가? 이런 문제들에 대한 해답은 두 시인이 낳은 시작품을 대조 분석하고 연구한 기초에서만 가능하다.

작가의 형상 창조와 관련한 문제는 문학 예술 분야에서 주로 다루고 언어적 표현 수단을 이용하는 것은 수사학에서 다루어야 할 문제이다.

김소월은 1930년대 저항시인으로서 우리 민족에게 민족의 얼과 전통을 심어준 기념비적인 시인이고 조기천은 조선해방전쟁시기에 나타난 전투적인 시인으로서 우리 민족의 문화사에 길이 빛을 뿌리고 있다. 이 두 시인은 부동한 시대가 낳은 우리 민족의 걸출한 시인으로서 사람들의 심금을 세대로 울려가고 있다.

이 두 시인의 시작품에 대한 비교 연구는 민족의 전통을 계승하고, 발전시킴에 있어서 의의가 있다. 이 두 시인의 훌륭한 시적 발견과 언어적 표현 수단 연구는 시대적 특성을 구현하고 시인의 개성적인 형상화 수법과 언어적 표현을 연구함에 있어서 의의가 있으며, 민족의 문화 유산을 연구하는 데 도움이 크리라고 생각한다.

김소월 시와 조기천 시에 대한 연구상황을 보면 남에서 주로 김소월 시 연구가 많이 이루어지고 북에서는 조기천 시 연구가 본격화되었다. 『소월 연구문헌목록』에 의하면 김소월 시에 대한 연구논문은 『김소월연구』(신동욱), 『김소월시선연구』(조동일, 윤주은), 『김소월시어법 연구』, 『김소월론』(김영기, 현대문학, 1971년 1월), 『소월의 시와 엠비규이터』(김용직, 현대문학, 1970년 11월), 『식민지의 허무주의와 시의 선택』(김윤식, 문학사상, 1973년 5월), 『신소월문학론』(문덕수, 사상계, 1968년 5월), 『임과 집과 길』(유종호, 세계의 문학, 1979년), 『소월의 의식과 그 오류』(윤재근, 심상, 1974년 10월), 『김소월 시의 현재성』(최동호, 창작과 비평사, 1984년) 등 무려 200여 편에 달하고 『조기천론』을 비롯한 『시의 개성과 언어수단 선택 연구』(김길성)는 조기천 연구에서 이룩한 성과 작이라고 볼 수 있다. 그러나 그 대부분이 문학 예술 분야에서 이룩한 성과들이고 김소월과 조기천을 대비적으로 수사학적 면에서의 언어적 표현 수단에 대한 연구는 미진한 상태로 남아 있다.

이 글에서는 김소월과 조기천 시의 언어적 표현 수단에 대한 체계적인 연구를 시도하며 시인의 개성적 특성과 표현 기교에서의 차이를 깊이 있게 구명하려고 한다.

이 글의 연구 방법은 다음과 같다.

첫째, 부동한 시대적 특성을 가진 부동한 풍격(風格)을 지닌 시작품에 대하여 비교 분석의 방법을 취한다.

둘째, 작품의 전반에 대한 중점적인 비교 분석의 방법을 취한다. 두 시인의 작품집을 선택하는 데 있어서 필자는 『진달래꽃』(김소월, 1991년, 미래사)과 『조기천시선집』(조기천, 1955년, 조선작가동맹출판사)을 비교 대상의 연구 자료로 삼았다. 김소월의 작품집은 여러 곳에서 수차 재판되었고 그 종류도 많지만 작품집 『진달래꽃』을 선택한 이유는 표기법상 가급적으로 작가 본래의 표기를 존중하였고, 우리가 알고 있는 일반적인 작품 외에 다른 작품을 실었기 때문에 더욱 객관적으로 김소월의 시 풍격(風格)을 고찰할 수 있는 데 있다. 『조기천시선집』 역시 그의 미완성 유고까지 수록되어 있어 이 작품집을 택하였다.

셋째, 특정된 작품의 언어적 표현 수단을 분석하는 방식으로 시인의 개성적 특성을 도출하여 낸다.

넷째, 언어적 표현 수단의 선택에서 양적 측면의 연구는 계량문체론적 연구 방법을 취한다.

다섯째, 언어적 표현 수단의 선택에서 내용적 측면의 연구는 주로 문체론적 수법을 구체적으로 대비, 분석하여 작가의 개성적 표현을 고찰하는 방식을 취한다.

제 2 장
어음론적 표현

1. 김소월 시의 음수율과 운율 조성

김소월의 서정시 중에는 일부 구전 민요적 작시 체계와 정형시 작시 체계에 해당하는 작품들도 있으나 대다수 작품은 유창하고 세련된 현대 자유시 작시 체계에 입각하고 있다. 김소월의 시의 시학사상 의의는 민요적 시풍을 창조적으로 계승하면서 한편으로는 그에 의하여 창조된 새로운 자유시로 나타난 데 있다.[1] 즉 그의 서정시는 3·4조, 4·4조로 된 민요조의 시도 있으나 가장 많은 것은 민요조에 기초한 7·5조이다. 그 보기로『풀 따기』,『바다』,『산 위에』,『옛 이야기』,『님의 노래』,『님의 말씀』,『님에게』,『비단안개』,『여름의 달밤』등을 들 수 있다.

김소월의 시작품 중에는 7·5조의 변조로 된 것들도 적지 않다. 그의 적지 않은 7·5조의 변조로 된 시의 운율 구성을 살펴보면 5·2,

---

[1] 김병민, "조선문학사"(연변대학출판사, 1994), 171폐지

2·5, 3·4, 4·3, 2·3, 3·2 등으로 다양한 음절 결합을 나타내고 있으며, 행의 배열도 극히 다양한 형태를 보여 주고 있다. 예를 들면 『山有花』, 『삭주구성』, 『산』, 『금잔디』, 『장별리』, 『길』, 『진달래꽃』, 『접동새』, 『첫치마』, 『가는 길』, 『夜의 雨滴』, 『춘향과 리도령』 등이 있다.

또한 7·5조 외에 3·3, 3·4, 3·3·4, 4·3 등의 운각 배합 형태(韻脚配合形態)로 된 시가 있는가 하면, 불규칙적인 운각 배합 형태로 된 시도 있다. 그 보기로 『팔베개 노래』, 『랑인의 봄』, 『먼 후일』, 『첫눈』, 『개아미』 등을 들 수 있다.

앞으로는 구체적인 작품을 가지고 어떻게 운율을 조성하고 있는가에 대해서 살펴보기로 한다.

1) 7·5조로 된 시

(1) 님에게

한때는/ 맑은 날을/ 당신 생각에//　　　　　3/4/5//
밤까지/ 새운 일도/ 없지 않지만//　　　　　· ·
아직도/ 때마다는/ 당신 생각에//　　　　　· ·
축업은/ 베갯가의/ 꿈은 있지만//　　　　　· ·

낯모를/ 딴 세상의/ 네 길거리에//　　　　　3/4/5//
애달피/ 날저무는/ 갓스물이오//　　　　　· ·
캄캄한/ 어두운 밤/ 들에 헤매도//　　　　　3/4/5//
당신은/ 잊어버린/ 설움이외다/　　　　　· ·

당신을/ 생각하면/ 지금이라도//　　　　　3/4/5//
비오는/ 모래밭에/ 오는 눈물의//　　　　　3/4/5//
축업은/ 베갯가의/ 꿈은 있지만//　　　　　· ·
당신은/ 잊어버린/ 설움이외다//　　　　　· ·

(1)에서 제1연의 제1행과 제3행 끝구의 '당신 생각에'와 제2연과 제3연 제4행의 '당신은 잊어버린 설움이외다'의 반복은 운율 조성에 이바지하고 있다. 또한 제1연의 4행과 제3연의 제3행 '축업은 베갯가의 꿈은 있지만'의 반복 역시 운율을 조성하는 구실을 한다.

시 전체를 보면 운각 배합 형태(韻脚配合形態)가 3/4/5//의 형태 즉 7·5조로서 각이한 운각(韻脚)들이 제각기 같은 위치에서 반복되면서 운율을 조성하고 있다.

(2) 님의 노래

<u>그리운/ 우리 님의/ 맑은 노래는</u>//	3/4/5//
언제나/ 제 가슴에/ 젖어 있어요//	3/4/5//
긴 날을/ 문밖에서/ 서서 들어도//	3/4/5//
<u>그리운/ 우리 님의/ 고운 노래는</u>//	3/4/5//
해지고/ 저물도록/ <u>귀에 들려요</u>//	3/4/5//
밤들고/ 잠들도록/ <u>귀에 들려요</u>//	3/4/5//
고이도/ 흔들리는/ 노랫가락에//	3/4/5//
내 잠은/ 그만이나/ <u>깊이 들어요</u>//	3/4/5//
고적한/ 잠자리에/ 홀로 누워도//	3/4/5//
내 잠은/ 포스근히/ <u>깊이 들어요</u>//	3/4/5//
그러나/ 자다 깨면/ <u>님의 노래는</u>//	3/4/5//
하나도/ 남김없이/ 잃어버려요//	3/4/5//
들으면/ 듣는 대로/ <u>님의 노래는</u>//	3/4/5//
하나도/ 남김없이/ 잊고 말아요//	3/4/5//

(2)에서 밑줄 친 부분의 반복은 운율을 조성하는 구실을 한다. 시 전체를 보면 역시 운각 배합 형태(韻脚配合形態)가 3/4/5//의 형태 즉

7·5조로서 각이한 운각들이 제각기 같은 위치에서 반복되면서 운율을 조성하고 있다.

2) 7·5조의 변조로 된 시

김소월의 시 작품 중에서 7·5조의 변조로 된 것의 보기를 들어보면 다음과 같다.

(3) 가는 길

그립다/	3/
말을 할까//	4//
하니 그리워//	5//
그냥 갈까//	4//
그래도/	3/
다시 더 한번 …… //	5//
저 산에도/ 까마귀, //들에 까마귀, //	4/3/5//
서산에는/ 해 진다고/	4/4/
지저귑니다//	5//
앞 강물, / 뒷 강물, /	3/3/
흐르는 물은//	5//
어서 따라/ 오라고/ 따라 가자고//	4/3/5//
흘러도/ 연달아/ 흐릅디다려//	3/3/5//

이상의 (3)에서 시인은 이 시의 정서적 내용을 강조하여 더 선명하게 표현되도록 두 행을 이리저리 흩트려 제1연과 제2연을 구성하였다. 즉 한 행의 시구를 짧은 호흡에 맞도록 세 행으로 분행한 것이다. 제3연에서는 두 행이 세 행으로 분행되었고, 제4연에서는 세

행이 네 행으로 분행되었다. 시인의 이런 의식적인 배려는 다만 시의 특수한 구성으로 그 음조미(音調美)를 돋우기 위하여서가 아니라 정서적 내용 즉 시의 사상을 형성시키며 강조하기 위하여서만 요구되는 형식상 배려인 것이다.

이와 같은 예를 하나 더 들어 보기로 하자.

(4) 길

어제도/ 하룻밤/	3/3
나그네 집에//	5//
까마귀/ 까악까악/ 울며 새었소//	3/4/5//
오늘은/	3/
또 몇십 리/	4/
어디로 갈까.//	5//
산으로/ 올라갈까/	3/4/
들로 갈까//	4//
오라는/ 곳이 없어/ 나는 못 가오//	3/4/5//
말 마소/ 내 집도/	3/3/
정주 곽산//	4//
차 가고/ 배 가는/ 곳이라오.//	3/3/4//
여보소/ 공중에/	3/3/
저 기러기//	4//
공중엔/ 길 있어서/ 잘 가는가?//	3/4/4//
여보소/ 공중에/	3/3/
저 기러기//	4//
열십자/ 복판에/ 내가 섰소//	3/3/4//

<table>
<tr><td>갈래갈래/ 갈린 길/</td><td>4/3/</td></tr>
<tr><td>길이라도//</td><td>4//</td></tr>
<tr><td>내게 바이/ 갈 길은/ 하나 없소//</td><td>4/3/4//</td></tr>
</table>

이상의 (4)의 운각 배합 형태(韻脚配合形態)를 보면 (3)에서처럼 3/4/5//가 기본을 이루고 있는 것이 아니라 음절수(音節數)가 각이하다. 그러나 우리가 이 시를 읽는다면 7·5조의 기본 절주(節奏)를 느낄 수 있다. 이것은 시인의 의식적인 배려인 것이다. 단어가 3음절 또는 4음절이지만 발음할 때는 장음이 생겨 4음절 또는 5음절로 느껴진다. 이렇게 시인은 단어의 선택에서까지도 7·5조의 기본 틀에 맞게 하나하나 세심한 배려를 한 것이다. 이와 같이 시인은 7·5조를 기초로 하고 그것을 시의 정서와 호흡률에 맞게 대담하게 변조시켜 풍부하고 아름다운 운율을 조성하였다.

3) 3·3조로 된 시

김소월의 시 작품 중에서 3·3조로 이루어진 것의 보기를 들면 다음과 같다.

(5) 팔베개 노래

<table>
<tr><td>첫날에/ 길동무/</td><td>3/3/</td></tr>
<tr><td>만나기/ 쉬운가//</td><td>3/3//</td></tr>
<tr><td>가다가/ 만나서/</td><td>3/3/</td></tr>
<tr><td>길동무/ 되지요.//</td><td>3/3//</td></tr>
<tr><td></td><td></td></tr>
<tr><td>家長님만/ 님이랴/</td><td>3/3/</td></tr>
<tr><td>情들면/ 님이지//</td><td>3/3//</td></tr>
<tr><td>한平生/ 苦樂을</td><td>3/3/</td></tr>
<tr><td>다짐준/ 팔베개.//</td><td>3/3//</td></tr>
</table>

첫닭아/ 꼬꾸요   3/3/
목놓지/ 말아라//   3/3//
내품에/ 안긴님   3/3/
단꿈이/ 깰리라.//   3/3//

오늘은/ 하루밤   3/3/
단잠의/ 팔베개//   3/3//
來日은/ 相思의   3/3/
거문고/ 베개라.//   3/3//

朝鮮의/ 江山아   3/3/
네그리/ 좁더냐//   3/3//
三千里/ 西道를   3/3/
끝까지/ 왔노라.//   3/3//

집뒷산/ 솔버섯   3/3/
다투던/ 동무야//   3/3//
어느뉘/ 家門에   3/3/
시집을/ 갔느냐.//   3/3//

空中에/ 뜬새도   3/3/
의지가/ 있건만//   3/3//
이몸은/ 팔베개   3/3/
뜬풀로/ 돌지요.//   3/3//

이상의 (5)의 운각 배합 형태(韻脚配合形態)는 3·3조인 동음량 연속 결합률(同音量連續結合律)[2]로서 3음절군의 길이를 가지고 연속적으로 반복하면서 운율을 조성하였다.

---

2) 김기종, "시운율론" (동북조선민족출판사, 1998년), 제3장

4) 3·4조와 4·3조로 된 시

김소월의 시 작품 중에는 3·4조, 4·3조인 이음량 동위반복률(異音量同位反復律)로 운율을 조성하고 있는 것이 있다.

(6) 浪人의 봄

휘둘어/ 산을 넘어,/　　　　　　　　　　3/4//
굽어진/ 물을 건너,//　　　　　　　　　　3/4//
푸른 풀/ 붉은 꽃에/　　　　　　　　　　3/4//
길 걷기/ 시름이어.//　　　　　　　　　　3/4//

잎 누런/ 시닥나무,/　　　　　　　　　　3/4//
철 이른/ 푸른 버들,//　　　　　　　　　　3/4//
해 벌써/ 석양인데/　　　　　　　　　　3/4//
불슷는/바람이어.//　　　　　　　　　　3/4//

골짜기/ 이는 연기/　　　　　　　　　　3/4//
메 틈에/ 잠기는데.//　　　　　　　　　　3/4//
산마루/ 도는 손의/　　　　　　　　　　3/4//
슬지는/ 그림자여.//　　　　　　　　　　3/4//

산길가/ 외론 주막,/　　　　　　　　　　3/4//
어이그,/ 쓸쓸한데.//　　　　　　　　　　3/4//
먼저 든/ 짐장사의/　　　　　　　　　　3/4//
곤한 말/ 한 소리여.//　　　　　　　　　　3/4//

지는 해/ 그림자니,/　　　　　　　　　　3/4//
오늘은/ 어디까지,//　　　　　　　　　　3/4//
어둔 뒤/ 아무데나,/　　　　　　　　　　3/4//
가다가/ 묵을네라.//　　　　　　　　　　3/4//

풀숲에/ 물길 뜨고,/   3/4//
달빛에/ 새 놀래는,//   3/4//
고운 봄/ 夜半에도/   3/4//
내 사람/ 생각이어./   3/4//

(7) 고만두풀 노래를 가져 月灘에게 드립니다

1

즌퍼리의/ 물가에/   4/3/
우거진/ 고만두//   3/3//
고만두풀/ 꺾으며/   4/3/
「고만두라」/합니다.//   4/3//

두 손길/ 맞잡고/   3/3/
우두커니/ 앉았소.//   4/3//
잔지르는/ 수심가/   4/3/
「고만두라」/합니다.//   4/3//

슬그머니/ 일면서/   4/3/
「고만갑소」/하여도//   4/3//
앉은 대로/ 앉아서/   4/3/
「고만두라/맙시다」고.//   4/4//

고만두/ 풀숲에/   3/3/
풀버러지/ 날을 때//   4/3//
둘이 잡고/ 번갈아/   4/3/
「고만두라/맙시다.」//   4/3//

2

「어찌하노/ 하다니」/   4/3/
중얼이는/ 혼잣말//   4/3//
나도 몰라/ 왔어라/   4/3/

<pre>
입버릇이/ 된 줄을//   4/3//

쉬일 때나/ 있으랴/   4/3/
생시엔들/ 꿈엔들//   4/3//
어찌하노/ 하다니/   4/3/
뒤채이는/ 생각을.//   4/3//

하지마는/ 「어찌노」/   4/3/
중얼이는/ 혼잣말//   4/3//
바라나니/ 人間에/   4/3/
봄이 오는/ 어느날.//   4/3//

돋히어나/ 주고저/   4/3/
마른 나무/ 새 엄을,/   4/3//
두들겨나/ 주고저//   4/3/
소리 잊은/ 내 북을./   4/3//
</pre>

이상의 (6)과 (7)의 운각 배합 형태(韻脚配合形態)는 3·4조, 4·3조인 이음량 동위 반복률(異音量同位反復律)로서[3] 서로 다른 운각들이 교차되는 과정에서 교차율이 이루어진 것이다.

5) 운각 배합 형태가 3/3/4//로 된 시

다음에 제시한 '(8) 먼 후일'은 운각 배합 형태가 3·3·4로 된 작품이다.

(8) 먼 후일

<pre>
먼 훗날/ 당신이/ 찾으시면//   3/3/4//
그 때에/ 내 말이/ 「잊었노라」//   ··
</pre>

---

3) 김기종, "시운율론"(동북조선민족출판사, 1998년), 제3장

당신이/ 속으로/ 나무라면//   ‥

「무척/ 그리다가/ 잊었노라」   ‥

그래도/ 당신이/나무라면//   ‥

「믿기지/ 않아서/ 잊었노라」//   ‥

오늘도/ 어제도/ 아니 잊고//   ‥

먼 훗날/ 그때에/「잊었노라」//   ‥

이상의 '(8) 먼 후일'에서 매연의 끝구 '잊었노라'와 제2연, 제3연 제1행의 끝구 '나무라면'의 반복은 운율 조성에 이바지하고 있다. 그리고 작가는 여기서 '먼 훗날', '당신이', '그때에' 등의 시어 반복을 이용하여 동음량 수미 반복률(同音量首尾反復律)을4) 조성함으로써 음수율에서 단조성을 극복하고 율조의 흐름을 다양하게 하고 있다.

다음의 '(9)산유화(山有花)'에서 보면 시인이 의식적으로 운각들을 변조시켜 놓았지만 운각 배합 형태(韻脚配合形態)는 역시 3/3/4//의 기본을 이루고 있다.

(9) 산유화(山有花)

산에는/ 꽃 피네//   3/3//

꽃이 피네//   4//

갈 봄 여름 없이/   6/

꽃이 피네//   4//

산에/   2/

산에/   2/

피는 꽃은//   4//

저만치/ 혼자서/ 피어 있네//   3/3/4//

---

4) 동상

<table>
<tr><td>산에서/ 우는/ 작은 새요//</td><td>3/2/4//</td></tr>
<tr><td>꽃이 좋아/</td><td>4/</td></tr>
<tr><td>산에서/</td><td>3/</td></tr>
<tr><td>사노라네//</td><td>4//</td></tr>
<tr><td></td><td></td></tr>
<tr><td>산에는/ 꽃 지네//</td><td>3/3//</td></tr>
<tr><td>꽃이 지네//</td><td>4//</td></tr>
<tr><td>갈 봄 여름 없이/</td><td>6/</td></tr>
<tr><td>꽃이 지네//</td><td>4//</td></tr>
</table>

이상의 (9)의 제2연을 보면 원래의 한 행을 뜯어 두 행으로 만들었다. 물론 매 연의 시행을 맞추기 위한 것도 있겠지만 시의 내용상 두 행으로 만들어 꽃이 띄엄띄엄 혼자서 피어 있는 듯한 느낌을 독자들로 하여금 가지게 한다. 이와 같이 김소월은 배합 형태를 변조시켜 운율을 조성하고 있다.

6) 동음량 교차 반복률(同音量交叉反復律)을 이루는 시

김소월의 시 작품 중에는 다음의 (10)과 같이 음절수가 교차, 반복되면서 운율을 조성하고 있는 것도 있다.

(10) 눈 오는 저녁

<table>
<tr><td>바람 자는/ 이 저녁/</td><td>4/3/</td></tr>
<tr><td>희 눈은/ 퍼붓는데//</td><td>3/4//</td></tr>
<tr><td>무엇하고/ 계시노/</td><td>4/3/</td></tr>
<tr><td>같은 저녁/ 금년은 ……//</td><td>3/4//</td></tr>
<tr><td></td><td></td></tr>
<tr><td>꿈이라도/ 꾸면은!/</td><td>4/3/</td></tr>
<tr><td>잠들면/ 만날런가.//</td><td>3/4//</td></tr>
<tr><td>잊었던/ 그 사람은/</td><td>3/4/</td></tr>
</table>

흰 눈 타고/ 오시네.//   4/3//

저녁때,/ 흰 눈은/ 퍼부어라.//   3/3/4//

이상의 (10)은 4/3/조와 3/4조가 교차 반복하면서 운율을 조성하고 있다.

7) 불규칙적인 운각 배합 형태로 된 시

김소월의 시 작품 중에는 다음의 (11)과 같이 불규칙적인 운각 배합 형태로 된 것도 있다.

(11) 개아미

진달래꽃이/ 피고//   5/2//

바람은/ 버들가지에서/ 울 때//   3/6/2//

개아미는//   4//

허리 가늣한/ 개아미는//   5/4//

봄날의/ 한 나절, / 오늘 하루도//   3/3/5//

고달피/ 부지런히/ 집을 지어라//   3/4/5//

이상의 (11)에서 '개아미'의 시어 반복은 동음량 수미 반복률(同音量首尾反復律)로서 음수율에서 단조성을 극복하고 율조의 흐름을 다양하게 하고 있다.

(11)의 제5행과 제6행의 운각 배합 형태(韻脚配合形態)는 3/3/5//, 3/4/5// 로서 음절군(音節群)들의 음절수가 점차적으로 상승되는 방식으로 이루어져 있다. 김소월은 이 작품에서 그것에 따르는 장단(長短)과 파동(波動)을 형성하여 거기에 알맞은 음향의 흐름을 조화롭게 하고 있다.

2. 조기천 시의 음수율과 운율 조성

조기천의 시는 서사시·서정시·서정서사시 등으로 나뉜다.

조기천 시의 전반을 살펴보면 운각(韻脚)들의 배합 형태가 규칙적인 것이 아니라 서로 다른 운각들이 불규칙적으로 배합되면서 운율을 조성하고 있다. 즉 그의 모든 작품은 자유율을 조성하고 있다.

(12) 휘파람

오늘/ 저녁에도// 휘파람/ 불었다오//	2/4//3/4//
복순이네/ 집 앞을/지나며//	4/3/3//
벌써/ 몇 달채// 휘파람/ 부는데//	2/3//3/3//
휘휘 ………/ 호 ………//	2/2//
그리도/그는/ 몰라준다오//	3/2/5//
날마다/ 직장에서/ 보건만//	3/4/3//
보고도/ 다시나/ 못볼 듯/	3/3/3/
가슴 속엔 /불이 붙소//	4/4//
보고도/ 또 보고/ 싶으니//	3/3/3//
참/ 이 일을/ 어찌하오/	1/3/4//
오늘도/ 생긋 웃으며/	3/5/
작업량/ 三백을/ 넘쳤다고 ……//	3/3/4//
글쎄/ 三백은/ 부럽지도 않아/	2/3/6
나도/ 그보다/ 못하진 않다오//	2/3/6
그래도/ 그 웃음은/ 참 부러워 —//	3/4/4//
어쩌면/ 그리도/ 맑을까/	3/3/3
한번은/ 구락부에서/	3/5/
나더러/ 무슨 휘파람/ 그리 부느냐고//	3/5/6//
복순이/ 웃으며/ 물었소//	3/3/3//

난/ 그만/ 더워서 분다고/ 말했다오//　　　1/2/6/4//
그러니/ 이젠/ 휘파람만 /불 수밖에//　　　3/2/4/4//

몇 달이고/ 이렇게/부노라면 …//　　　4/3/4//
그도/ 정녕/ 알아 주리라!//　　　2/2/5//
이 밤도/ 이미/ 늦었는데//　　　3/2/4//
나는/ 학습 재료/ 뒤적이며/　　　2/4/4/
휘휘 ……호호 ……//　　　4//
그가/ 알아줄까?//　　　2/4//

이상의 '(12) 휘파람'이라는 작품을 보면 각이한 음량을 가진 운각(韻脚)들이 불규칙적으로 배합되어 이음량 혼성 운율(異音量混成韻律)을 이루고 있음을 알 수 있다. 조기천의 시는 대부분이 현대 자유시이다. 그의 대표작『백두산』을 보더라도 동일한 음절수를 가진 시어와 시행의 반복보다 동일한 시행 음절수의 합의 반복으로 운율을 조성하고 있다.

(13) 백두산(제1장 6)

　　……
하더니 아침엔 눈보라 치는데
　　　　12
정치원 철호 먼 길 떠났다.
　　　　10
전송하는 대장의 말 —
　　　　8
『철호 조심하게! 믿네!』
　　　　8
덥썩 틀어쥐는 대장의 손길
　　　　11
심장 속에 햇발을 일으켜라

                11
해는 눈보라 속에 숨어 있어도
                12
추위는 박달 같이 땅을 일쿼도 ―
                12
       ……

(14) 불타는 거리에서

       ……
오늘은 이 나라의 거리들이
불속에 묻히였다면
                8
불속에서 재속에서
                8
황홀한 새로운 거리들이
                10
흰 빛 고층 건물을 받들고
                10
푸른 하늘에 솟아오르리-
                10
오늘은 공습 싸이렌에
어린애들이 바서지듯 운다만
래일이면 평화의 기적이
                10
이 땅의 부강을 노래하리
                10
오 락동강 七백리 기슭에
                10
포격 소리 울린다 울린다-
                10
죽음을 원쑤에게!
                7

> 죽음을!
>
> 3
>
> 인민군 영웅들이
>
> 7
>
> 락동강을 건넌다-
>
> 7
>
> 죽음을 원쑤에게!
>
> 7
>
> 죽음을!
>
> 3
>
> ......

이상의 (13)에서 보는 것처럼 매 시행에서의 운각(韻脚)을 조성하는 시어들의 음절수는 같지 않지만 시행 음절수의 합은 12:12, 8:8, 11:11, 12:12로 동일한 반복이 이루어지고 있다. 그리고 (14)에서도 시어들의 음절수는 같지 않지만 시행 음절수의 합은 8:8, 10:10:10, 10:10:10:10, 7:7:7:7, 3:3으로 동일한 반복이 이루어지고 있다.

여기서는 동일한 시행 음절수의 합의 반복으로 운율을 조성하고 있다. 이러한 예는 조기천 시 전반 작품에서 무수히 찾아볼 수 있다.

3. 음수율 조성의 차이

조선 시가의 운율 조성에서 무엇보다 중요한 것은 어음의 양(量)에 의해 조성되는 음수율 문제이다. 음수율은 동일한 음량을 가진 음절군(音節群)들이 연속적으로 반복되거나 서로 다른 음량을 가진 음절군들이 규칙적으로 혹은 불규칙적으로 반복, 결합되는 데서 이루어진다.[5)]

앞에서 살펴본 바와 같이 김소월의 서정시는 운각(韻脚)의 배합 형태가 불규칙적인 시와 3·3조, 3·4조, 6·4조[(3·3)·4], 4·3조로 된 시도 있으나 가장 많은 것은 민요조에 기초한 7·5조와 그의 변조의 시들이다. 김소월 시의 운율 조성을 보면 운각들이 규칙적으로 배합되면서 운율을 조성하였다. 그러나 조기천 시의 전반을 보면 운각들의 배합 형태가 규칙적인 것이 아니라 서로 다른 운각들이 불규칙적으로 배합되면서 운율을 조성하고 있다. 김소월의 시는 같은 음절수의 반복으로 운율을 조성하는 것이 특징이라면 조기천 시는 비록 자유율(自由律)을 이루고 있지만 음절수의 합의 반복으로 운율을 이루고 있는 것이 운율 조성의 주요한 특징의 하나이다.

4. 운율 조성의 보조적 수단 이용의 차이

1) 김소월 시 운율 조성의 보조적 수단

① 반복법

우리는 김소월 시에서 반복법의 다종다양한 형태들을 찾아볼 수 있다. 『바다』, 『못 잊어』, 『오시는 눈』 등에서의 시행 종말의 반복, 『길』, 『건강한 잠』, 『나의 집』, 『산』, 『장별리』 등에서의 1음절의 다양한 반복, 『가는 길』, 『맘의 속의 사람』, 『고락』, 『닭소리』, 『삭주구성』, 『바람과 봄』, 『왕십리』, 『첫치마』 등에서의 호응하는 청음들의 반향적(反響的) 반복 등은 그런 보기에 해당한다.

다음의 '(15) 먼후일'은 시행 종말의 반복으로써 운율을 조성하는 구실을 하고 있다.

---

5) 김기종, "시운률론"(동북조선민족출판사, 1998년), 제4장

(15) 먼 후일

먼 훗날 당신이 찾으시면
그때에 내 말이 「잊었노라」

당신이 속으로 나무라면
「무척 그리다가 잊었노라」

그래도 당신이 나무라면
「믿기지 않아서 잊었노라」

오늘도 어제도 아니 잊고
먼 훗날 그때에 「잊었노라」

다음의 '(16) 산유화(山有花)'에서는 시행 전체를 반복함으로써 운율을 조성하고 있다.

(16) 산유화(山有花)

산에는 꽃피네
꽃이 피네
갈봄 여름 없이
꽃이 피네

산에
산에
피는 꽃은
저만치 혼자서 피어 있네

산에서 우는 작은 새요
꽃이 좋아
산에서

사노라네

산에는 꽃 지네
꽃이 지네
갈 봄 여름 없이
꽃이 지네

 한편 다음의 '(17) 초혼(招魂)'에서는 시행 전체의 반복과 시행 종말의 반복으로 운율을 조성하고 있다.

(17) 초혼(招魂)

산산이 부서진 이름이여!
허공중에 헤어진 이름이여!
불러도 주인 없는 이름이여!
부르다가 내가 죽을 이름이여!

산중에 남아 있는 말 한마디는
끝끝내 마저하지 못하였구나.
사랑하던 그 사람이여!
사랑하던 그 사람이여!

붉은 해는 서산 마루에 걸리었다.
사슴이의 무리도 슬피 운다.
떨어져나가 앉은 산 위에서
나는 그대의 이름을 부르노라.

설음에 겹도록 부르노라
설음에 겹도록 부르노라
부르는 소리는 비껴가지만
하늘과 땅 사이가 너무 넓구나.

선 채로 이 자리에 돌이 되어도
부르다가 내가 죽을 이름이여!
<u>사랑하던 그 사람이여!</u>
<u>사랑하던 그 사람이여!</u>

　그런데 다음의 '(18) 나의 길'과 '(19) 길'에서는 1음절의 음향적 반복으로 운율을 조성하는 구실을 하고 있다.

(18) 나의 길

<u>새</u>벽 <u>새</u>가 울며 지<u>새</u>는 그늘로

(19) 길

　　……

<u>갈래갈래</u> 갈린 길
길이라도
내게 바이 갈 길은 하나 없소

　'(20) 접동새'에서는 '접동'이라는 시어를 세 번 반복하여 사용함으로써 운율을 조성하고 있다

(20) 접동새

<u>접동</u>
<u>접동</u>
애오라비 <u>접동</u>
　　……

　다음의 '(21) 금잔디'에서도 '잔디'라는 시어를 세 번 반복 사용함으로써 운율을 조성하고 있다. 이 밖에 시행 종말의 반복과 1음절

단어의 음향적 반복으로 운율을 조성하고 있다.

(21) 금잔디

잔디,
잔디,
금잔디.
심심산천에 붙는 불은
가신 님 무덤가에 금잔디.
봄이 왔네, 봄빛이 왔네.
버드나무 끝에도 실가지에
봄빛이 왔네, 봄날이 왔네,
심심산천에도 금잔디에.

② 중간 휴식법

김소월의 시에는 정서의 흐름에 휴식을 주며 그의 기분을 미묘하게 전환시키는 중간 휴식의 수단들이 수다하게 이용되고 있다.

(22) 가는 봄 삼월

ㅇ 잊으시기야, 했으랴, 하마 어느새

(23) 찬 저녁

ㅇ 그러나 나는, 오히려 나는

(24) 춘향과 이도령

평양에 대동강은
우리나라에
곱기로 으뜸가는 가람이지요

삼천리 가다가다 한가운데는
우뚝한 삼각산이
솟기도 했소

그래 옳소 내 누님, 오오 누이님
우리나라 섬기던 한 옛적에는
춘향과 이도령도 살았다지요

이편에는 함양, 저편에는 담양,
꿈에는 가끔가끔 산을 넘어
오작교 찾아찾아 가기도 했소

그래 옳소 누이님 오오 내 누님
해돋고 달돋아 남원 땅에는
성춘향 아가씨가 살았다지요

위의 (22), (23), (24) 등은 중간 휴식법을 이용한 작품들이다. 중간 휴식은 그 사상 감정이 복잡하거나 고통스럽거나 모순적인 경우에 흔히 이용하고 있다.

③ 어순 전도법

김소월의 시에서 흔히 찾아볼 수 있는 보조적 운율 수단은 어순의 전도법이다. 이것은 인간 감정이 극히 고조된 정서 속에서 훌륭한 표현으로 이용되고 있다.

(25) 물마름

주으린 새무리는 마른 나무의
해 지는 가지에서 재갈이던 때.
온종일 흐르던 물 그도 곤하여
놀 지는 골짜기에 목이 메던 때.

그 누가 알았으랴 한쪽 구름도
걸려서 흐득이는 외로운 嶺을
숨차게 올라서는 여윈 길손이
달고 쓴 맛이라면 다 겪은 줄을.

그곳이 어디더냐 남이장군이
말 먹여 물 끼얹던 푸른 강물이
지금에 다시 흘러 둑을 넘치는
천백 리 두만강이 예서 백십 리

茂山의 큰 고개가 예가 아니냐
누가나 예로부터 의를 위하여
싸우다 못 이기면 몸을 숨겨서
한때의 못난이가 되는 법이라.

그 누가 생각하랴 삼백 년래에
차마 받지 다 못할 한과 모욕을
못 이겨 칼을 잡고 일어섰다가
인력의 다함에서 스러진 줄을.

부러진 대쪽으로 활을 메우고
녹슬은 호미쇠로 칼을 벌려서
茶毒되 삼천리에 북을 울리며
정의의 기를 들던 그 사람이여.

그 누가 기억하랴 다북동에서
피 물든 옷을 입고 외처던 일을
정주성 하룻밤의 지는 달빛에
애끓긴 그 가슴이 슷기 된 줄을.

물 위에 뜬 마름에 아침 이슬을
불붙는 산마루에 피었던 꽃을

지금에 우러르며 나는 우노라
이루며 못 이룸에 薄한 이름을.

위의 '(25) 물마름'은 어순이 전도된 대표적인 실례라고 할 수 있다. 어순 전도는 이 밖에도 『진달래꽃』, 『산』, 『고만두풀 노래를 가져 月灘에게 드립니다』, 『삭주구성(朔州龜城)』 등의 작품에서 찾아볼 수 있다.

이 밖에 그의 시에는 운율 조성의 보조적 수단으로서 대구법, 다접속법, 무언, 감탄법 등이 재치 있게 사용되었다.

2) 조기천 시 운율 조성의 보조적 수단

① 열거법

조기천 시의 열거법은 대열거구(大列擧句)와 소열거구(小列擧句)로 나뉜다. 구체적인 작품을 예로 들어 어떻게 열거법으로 시의 운율을 조성하고 있는지에 대해서 살펴보기로 한다.

가. 대열거구

『백두산』의 2장 6절을 보면 모두 26행으로 구성되어 있는데 이 절은 대열거구이다.

(26) 백두산(제2장 6)

......
소나무 뒤에 숨어 앉은 네 사람 —
한 사람은 철호였으니 —
눈보라 속에 먼먼 길 떠나더니
어느 때 어느 곳에 갔다가
무슨 일 하다가
양지쪽 잔디 언덕인양

> 파-란 꿈 속에 포근하고
> 진달래 아지에 봄 맺히는 이 때
> 웬 짐짝 걸머지고
> 솔개골에 왔는고?
> 산이면 몇이나 넘었고
> 밤길은 얼마나 걸었넌고!
> 두어라. 물어선 무엇하리.
> 안물은들 모르랴!
> 다른 사람은 중로인 ─
> 이 밤으로 약재 걸메고
> 홍산으로 갈 함흥 로동자 ─
> 홍산 속엔 이름 없는 새 마을 있다네
> 그 마을엔 병원도 있는데
> 병자도 의사도
> 「동무」라 서로 부른다네
> 또 다른 사람은 철호의 련락원 ─
> 이 밤으로 H시로 가야 될
> 어느 때나 웃음을 잘 웃고 노래 잘 하는
> 어느 때나 「아리랑 고개」넘는다는
> 영남이란 一六의 소년.
> ......

이상의 (26)에서 구분점은 '한 사람은 철호였으니 ─', '다른 사람은 중로인 ─', '또 다른 사람은 철호의 련락원 ─'이다. 이 열거구는 인물을 소개하는 형식으로 구분점을 정한 것이 특징이다. 매 열거구에서 인물들의 특성을 구체적으로 밝힘으로써 이해를 쉽게 하게 하면서도 운율적 효과성을 높이고 있다.

나. 소열거구

㈀ 동일한 문장 성분이 잇달아 놓이면서 되풀이되는 경우

(27) 백두산 (제2장 7)

　　……
우리의 동무들이
그렇게 악수하고
탄우 속으로 뛰여 들었고
사지에 선뜻 들어섰다
그렇게 악수하고
감옥에 뒤몰려 갔고
교수대에 태연히 올라섰다.
　　……

(28) 불타는 거리에서

　　……
공포와 비겁은
인민군의 돌격에 맞선
양키들의 미친 눈알에서 찾으라
락망과 어지런 눈물은
인민군의 포위에 빠진
양키들의 낯에서 찾으라 —
　　……

이상의 (27)과 (28)은 두 문장이 동일한 문장 성분의 되풀이에 의하여 운율을 훌륭히 조성하고 있다.

(ㄴ) 복합문에서 여러 개 단일문의 되풀이
다음의 (29)는 하나의 복합문 안에서 여러 개 단일문(單一文)이 되풀이되면서 운율을 조성하고 있다.

(29) 백두산 (제6장 6)

> ……
> 눌리우고 짓밟힌 이 거리에
> 반항의 함성 뒤울리거니
> 암담한 이 거리에 부쟁의 불길 세차거니
> 흰 옷 입은 무리 쓸어 나온다 ―
> 머리 벗은 로인도 발 벗은 녀인도
> 벌거숭이 애들도
> ……

㈜ 여러 개 단일문의 되풀이
다음의 (30)은 여러 개의 단일문(單一文)이 되풀이되면서 운율 조성에 이바지하고 있다.

(30) 백두산 (에피로그)

> ……
> 오늘은
> 무럭무럭 굴뚝에서 솟는
> 창조의 타는 로력을 본다
> 풍작에 우거진 자유의 전야를 본다
> 력사의 대로에 거세게 올라선,
> 비약의 나래를 펼친
> 민주의 조선을 본다
> 오늘은
> 독립의 터를 닦는 인민을 본다
> 민전의 선두에 선 김 대장을 본다
> 친선의 정성이 어엿한 큰 손길 ―
> 쏘베트의 손길을 본다
> 오늘은

    푸른 리념을 함빡 걷어 안고
    빛나는 민주 미래를 받들며
    자라 자라나는 인민의 바위 —
    모란봉을 본다!

㈃ 하나의 문장 성분 안에서 되풀이되는 경우

다음의 (31)에서는 '골짜기와 골짜기', '집과 집', '거리와 거리', '광장과 광장' 등과 같이 하나의 문장 성분 안에서 동일한 단어를 반복 사용함으로써 운율을 조성하고 있다.

(31) 백두산 (에피로그)

      ......
    내 그때 —
    골짜기와 골짜기 집과 집,
    거리와 거리, 광장과 광장들이
    서로 얼키고 뭉치여 부둥켜 안고
    뛰고 춤추고 울고 노래 부를제
    자유의 깃발, 만세 소리, 환호 소리로
    넘치는 감격, 타오르는 애국의 백열로
    하이얀 바다 같이 뒤끓어 흐를제
    나도 만고에 없은 큰 숨으로
    눌리웠던 허파에 대기를 한끝 들이긋어
    이 땅의 해방을 부르짖었다!
      ......

이렇게 시인 조기천은 열거법을 재치 있게 구사함으로써 운율의 효과를 높이고 있다.

② 왕복법

조기천 시에서 운율 조성의 보조적 수단으로 또한 왕복법(往復法)을 들 수 있다.

다음의 (32)에서는 '솟다', '죽다'가 호상 교차되어 왕복법을 이루고 있다. 이러한 왕복법은 행동의 연속 과정을 묘사하는 데 매우 효과가 있다.

(32) 백두산 (제4장 1)

······
허나 불길은 솟고
불꽃은 튀고
솟아서는 태우고 죽고
죽고는 또 솟거니
이름 모를 결사의 싸움이
이 밀림 속에 벌어진 듯.
빨찌산 우등불 ─
······

다음의 (33)은 철호가 영남이의 무덤을 파는 장면을 묘사한 것이다. 그처럼 사랑하던 전우의 무덤을 파는 철호의 모습이 매우 생동하게 안겨온다. 특히 연속되는 행동 과정이 잘 묘사되었다

(33) 백두산 (제5장 4)

······
철호 무덤을 판다
소나무 밑에 영남의 무덤을 ······
파다가는 한숨 쉬고
한숨 쉬고는 또 파고 ······
어찌 이 곳에 그를 묻을줄 알았으리 ─
그 생을 즐기던 소년을,
이 나라의 강물인양 그 맑은 마음을,

그 조국애에 끓던 심장을 —
철호 무덤을 팠다 —
소나무 밑에 전우의 무덤을
　　……

왕복법은 그 형식을 조금씩 달리하면서 만들어지기도 한다.

(34) 백두산 (제6장 5)

　　……
밤 열한시 ……
거리엔 인적이 끊치고
전등만 누렇게 흐르고 —
주재소 교번 순사도
꺼덕꺼덕 조을고 있을 때
어디선가 남녀 두 사람
주재소 문간에 나타났다 —
녀인은 사나이를 끌고
사나이는 녀인에게 끌리우고
　　……

이상의 (34)의 밑줄 친 부분은 다른 왕복법과는 달리 술어의 꼬리를 문 것이 아니라 술어는 고정시키고 보어를 받아 물고 서로 교차되고 있다. 즉 주어 '녀인'은 보어로, 보어 '사나이'는 주어로 교차되었다. 이처럼 시인은 새로운 수법을 창조하여 표현의 효과성을 적극 높이고 있다

③ 반문법

우리는 조기천의 시 창작에서 반문어 '느냐, 느뇨, 더냐, 인가' 등 형식의 표현과 빈번히 만나게 된다. 특히 『백두산』, 『두만강』, 『5·1

을 맞으라!』, 『우리의 노래』, 『땅의 노래』, 『네거리에서』, 『우리의 길』, 『조선은 싸운다』 등 작품에서 이 형식의 사용이 빈번하다. 이와 같은 형식의 사용은 그의 창작 속에서 이미 증명할 여지없이 명백하여진 사실들을 가지고 확증하고 있다.

여기서 그의 서정시 『5·1을 맞으리!』 하나만을 에로 들어 보자.

(35) 5·1을 맞으라

> ······
> 누가 력사의 앞장에 서서
> 민주의 대로를 닦느냐?
> 누가 구라파의 전화를 끄고
> 태평양의 화산을 막았느냐?
> 누가 날새도 목 말라 죽는 사막에
> 푸르게 푸르게 운하 흐르게 하고
> 북극의 눈보라 속에서도
> 과원이 봄꿈 꾸게 했느냐?
> ······

이상의 (35)는 조기천의 『5·1을 맞으라!』는 서정시의 한 장면인데 그는 이렇게 반문 법을 잘 이용함으로써 운율의 효과를 높이고 있다.

④ 연쇄법

이 밖에 조기천 시의 운율 조성의 보조적 수단으로는 연쇄법을 들 수 있다.

(36) 백두산 (제3장 2)

　　……
그것은
솔개골에 이런 전설 듣던 때 ―
『백두산 속엔 크나큰 굴,
해도 달도 있고 별도 반짝이는
넓으나 넓은 굴 있는데
그 속에선 용사 수만이 장검을 간다고
장검을 바윗돌에 갈면서
령 내리기만 기다린다고,
때가 되면, 령이 내리고,
령만 내리면
석문이 쫘악 열리고
석문만 열리면
용사들이 벼락 같이 쏠어나오고
용사들이 쏠어나오면
이 땅에 해방전이 일어난다고
왜놈들을 쳐부수리라고 ―』
이 때부터 꽃분이도
철호의 지도 받았고
이 때부터 백두산을 바라보면
마르고 쪼들린 마음 속에
五월의 대하인 양 격랑이 도도
　　……

　　이상의 (36)의 밑줄 친 부분을 보면 뒤의 행동이 앞 행동의 꼬리
를 물고 마치 연쇄 반응이 일어나는 것처럼 연결시켜 운율을 조성하
고 있다.

5. 음성학적 수단 이용의 차이

1) 김소월의 시

김소월의 작시법에서 귀중한 것은 그가 언어 행위에서의 7·5조의 묘미를 향토적 내용에 상응하게 발전시키고, 통일시켰다는 점에만 있는 것이 아니라 한층 더 조선말이 가지는 아름다운 음색과 음향의 비밀을 음상학적 견지에서 훌륭하게 발현하고 있다는 점이다.

서정시는 운율적 언어의 도움에 의하여 인간의 감정과 체험을 감동적으로 표현하고자 하는 예술이다. 이와 같은 것은 필연코 운문 시가에 음악성을 요구하게 된다. 서정시의 내용은 그 운율적 표현의 음조미(音調美)를 동시에 음미함이 없이는 잘 파악할 수 없다.[6] 김소월은 이와 같은 운문 시가의 특징을 깊이 있게 이해함으로써 자기 시의 정서적 내용에 부합되는 그런 말을 아름답게 음악적으로 배합하여 그런 운율을 더 아름답게 형성함으로써 고상한 사상과 아름다운 형식을 완전히 통일시킨 소중한 유산을 남겨 놓은 시인이다. 그는 언어의 명수이었으며 시적 내용을 더욱 감흥 있게 표현할 수 있는 운율의 명수이었다.

(37) 가는 길

그립다
말을 할까
하니 그리워

그냥 갈까
그래도
다시 더 한 번 ……
저 산에도 까마귀, 들에 까마귀,

---

6) 윤세평, "현대작가론"(조선작가동맹출판사, 1961년), 279페지

서산에는 해진다고
지저귑니다.

앞 강물 뒷 강물
흐르는 물은
어서 따라 오라고 따라 가자고
흘러도 연달아 흐릅디다려.

현대자유시에서 (37)과 같은 운율적인 적중한 시어의 음악적 결합은 연달아 흐르는 강물의 모습을 생생하게 인격화하면서 인생을 방불케 한 좋은 실례로 될 수 있다.

(38) 봄바람

봄에 부는 바람, 바람 부는 봄.
작은 가지 흔들리는 부는 바람.
내 가슴 흔들리는 바람, 부는 바람.

봄이라 바람이라 이 내 몸에는
꽃이라 술잔이라 하며 우노라.

김소월의 서정시의 의의는 단순한 아름다운 시어와 작시 기교의 과시에 있는 것이 아니라 내용과 형식간의 완전한 통일에 접근한 그런 예술적 기교의 완미성(完美性)과 세련성으로 독자를 경탄시키는데 있다.[7]

그의 시의 매혹성은 정서와 시적 음악성, 운율의 훌륭한 통일 등에서 흘러나온다. 그의 대다수 향토적 소재에 바쳐진 시들에서는 가벼운 음조와 조선화같이 맑고 깨끗한 색채가 흔연히 융합되고 있다.[8]

---

7) 윤세평, "현대작가론"(조선작가동맹출판사, 1961년), 280페지

 김소월은 자기 시에서 'ㄴ, ㄹ, ㅁ, ㅇ'의 유성자음으로 끝나는 종성의 시어들에 의하여 시적 감흥을 음향적으로 살리는 데 많은 주의를 돌리고 있는바 그런 실례는『길』,『나의 집』,『서울 밤』등에서 볼 수 있다.

(39) 서울 밤

붉은 전등
푸른 전등
넓다란 거리면 푸른 전등
막다른 골목이면 붉은 전등
전등은 반짝입니다.
전등은 그물입니다.
전등은 또다시 어스렷합니다.
전등은 죽은 듯한 긴 밤을 지킵니다.

나의 가슴의 속모를 곳의
어둡고 밝은 그 속에서도
붉은 전등이 흐득여 웁니다.
푸른 전등이 흐득여 웁니다.

붉은 전등
푸른 전등.
머나먼 밤하늘은 새카맙니다.
머나먼 밤하늘은 새카맙니다.
서울 거리가 좋다고 해요
서울 밤이 좋다고 해요

붉은 전등.
푸른 전등.

---

8) 동상

나의 가슴의 속모를 곳의
<u>푸른 전등은 고적합니다.</u>
<u>붉은 전등은 고적합니다.</u>

위의 시 (39)는 유성자음 'ㄴ, ㄹ, ㅁ, ㅇ'을 의식적으로 이용하여
시적 감흥을 음향적으로 살린 좋은 예가 된다
김소월 시의 운율 조성은 압운(押韻)에도 많이 의거하고 있다.

(40) 바다

뛰노는 흰 물결이 일고 또 잦는
붉은 꽃이 자라는 <u>바다는 어디</u>

고기잡이군들이 배 우에 앉아
사랑 노래 부르는 <u>바다는 어디</u>

파랗게 좋이 물든 남빛 하늘에
저녁 놀 스러지는 <u>바다는 어디</u>

곳없이 떠 다니는 늙은 물새가
떼를 지어 쫓니는 <u>바다는 어디</u>

건너서서 저편은 딴나라이라
가고 싶은 그리운 <u>바다는 어디</u>

(41) 못 잊어

못 잊어 생각이 <u>나겠지요</u>
그런 대로 한세상 지내시<u>구려</u>
사노라면 잊힐 날 있으<u>리라</u>

못 잊어 생각이 <u>나겠지요</u>
그런 대로 세월만 가라시<u>구려</u>
못 잊어도 더러는 잊히<u>오리라</u>

그러나 또 한끝 이렇<u>지요</u>
그리워 살뜰히 못 잊는데
어쩌면 생각이 떠지나<u>요?</u>

이상의 (40)에서는 더 설명할 필요도 없이 '어디'라는 어구로 운을 밟고 있는바 마치 노래의 구절들에 맞추어 규칙적으로 때리는 북소리와도 같다. 여기에서는 아무런 구속도 관습도 질곡도 없는 개방되고 자유로운 바다에 대한 동경의 절절한 감정이 '어디'라는 북소리와 같은 반복으로써 그 하염없는 동경을 정서적으로 더욱 강조하고 있다. 『예전엔 미처 몰랐어요』, 『오시는 눈』, 『먼 후일』, 『해 넘어 가기 전 한참은』 등도 이에 속하는 실례로 될 수 있다.

이상의 (41)에서는 첫 절의 밑줄 그은 부분과 다음절의 밑줄 그은 부분에서 각운(脚韻)을 밟고 있으며, 셋째 절에서도 첫 행과 셋째 행의 마지막 자가 운을 같이 하고 있다. 이에 해당한 실례를 하나만 더 들어 보자.

(42) 꿈길

물 구슬이 봄새벽 아득한 길
하늘이며 들 사이에 넓은 숲
젖은 향기 불긋한 잎 우의 길
실그물의 바람 비쳐 젖은 숲
나는 걸어 가노라 이러한 길
밤저녁의 그늘진 그대의 꿈
흔들리는 다리 우 무지개길
바람조차 가을 봄, 거칠은 꿈

이상의 (42)에서는 밑줄 그은 부분이 표시하는 바와 같이 각 행에 각운(脚韻)을 다 두고 있는바 그로 말미암아 이 시는 정형시가 갖출 수 있는 완전한 운율로 아름답게 울리고 있다. 각운의 이러한 실례를 우리는 이밖에도 『진달래꽃』, 『비단 안개』, 『밤』, 『春香과 李道令』 등 무수한 시편들에서 시인이 각운을 운율의 조성을 위하여 의식적으로 시험한 흔적을 찾아볼 수 있다. 특히 『비단 안개』가 그러하다. 그럼 아래에 『비단 안개』의 전편을 보기로 하자.

(43) 비단 안개

눈들이 비단 안개에 둘리울 때
그때는 차마 잊지 못할 때러라
만나서 울던 때도 그런 날이요
그리워 미친 날도 그런 때러라

눈들이 비단 안개에 둘리울 때
그때는 홀목숨은 못 살 때러라
눈 풀리는 가지에 당치마귀로
젊은 계집 목 매고 달릴 때러라

눈들이 비단 안개에 둘리울 때
그때는 종달새 솟을 때러라
들에랴, 바다에랴, 하늘에서랴
아지 못할 무엇에 취할 때러라

눈들이 비단 안개에 둘리울 때
그때는 차마 잊지 못할 때러라
첫사랑 있던 때도 그런 날이요
영리별 있던 때도 그런 때러라

위의 시 (43)에서 보는 바와 같이 매 절이 '때', '러라', '요'의 운으로 되어 있다. 그런데 여기에서는 위에서 인용한 각운(脚韻)의 실례들의 모두가 일정한 어의(語義)를 가진 어구('꿈길의 운도 단음절의 어구다')들로 압운(押韻)이 된 것과는 달리 순전히 자음(字音)으로 압운이 되어 있다는 것은 매우 특징적이다.

김소월에게 있어서 압운의 시험은 각운에 국한된 것이 아니라 두운(頭韻)에서도 진행된 흔적을 우리에게 남기고 있다. 여기에서도 각운에 있어서와 마찬가지로 어구에 의한 압운과 자음(字音)에 의한 압운 두 가지가 병용되고 있다. 어구에 의한 압운을 취한 작품들로는 『풀따기』, 『해 넘어가기 前 한참은』, 『비단 안개』 등이 있다.

(44) 풀따기

우리 집 뒷산에는 풀이 푸르고
숲 사이의 시냇물, 모래 바닥은
파아란 풀 그림자, 떠서 흘러요.

그리운 우리 님은 어디 계신고.
날마다 피어 나는 우리 님 생각.
날마다 뒷산에 홀로 앉아서
날마다 풀을 따서 물에 던져요.

흘러가는 시내의 물에 흘러서
내어던진 풀잎은 옅게 떠갈 제
물살이 해적해적 품을 헤쳐요.

그리운 우리 님은 어디 계신고
가엾은 이내 속을 둘 곳 없어서
날마다 풀을 따서 물에 던지고
흘러가는 잎이나 맘해보아요.

위의 시 (44)의 밑줄 친 부분에서 보는 바와 같이 '날마다', '그리운', '흘러가는' 등 어구는 두운(頭韻)으로 운율을 조성한 실례이다.

자음(字音)에 의한 두운의 실현을 보면 『산유화(山有花)』를 예로 들수 있다.

(45) 산유화

산에는 꽃 피네
꽃이 피네
갈 봄 여름 없이
꽃이 피네.

산에
산에
피는 꽃은
저만치 혼자서 피어 있네.

산에서 우는 작은 새요
꽃이 좋아
산에서 사노라네.

산에는 꽃 지네
꽃이 지네
갈 봄 여름 없이
꽃이 지네.

이상의 (45)에서는 매 절의 맨 첫 자가 '산'으로 1, 3, 4 연의 2행 첫자가 '꽃'으로 두운(頭韻)을 밟고 있다.

(46) 초혼

산산이 부서진 이름이여!
허공중에 헤어진 이름이여!
불러도 주인 없는 이름이여!
부르나가 내가 죽을 이름이여!

심중에 남아 있는 말 한마디는
끝끝내 마저하지 못하였구나.
사랑하던 그 사람이여!
사랑하던 그 사람이여!

붉은 해는 서산 마루에 걸리었다.
사슴이의 무리도 슬피 운다.
떨어져나가 앉은 산 위에서
나는 그대의 이름을 부르노라.

설움에 겹도록 부르노라.
설움에 겹도록 부르노라.
부르는 소리는 비껴가지만
하늘과 땅 사이가 너무 넓구나.

선채로 이 자리에 돌이 되어도
부르다가 내가 죽을 이름이여!
사랑하던 그 사람이여!
사랑하던 그 사람이여!

위의 시 (46)의 밑줄 친 부분에서는 '산', '심', '사', '설', '선' 등에
서와 같이 자음 'ㅅ'음으로 두운을 밟고 있다.

김소월의 시에서의 가음(加音), 연음(連音), 약음(略音) 등 민족적 운
율 수단들에 대해서는 여기서 생략한다.

2) 조기천의 시

조기천의 창작 상 언어의 여러 특징들 중에서 무엇보다도 그는 그이 시 작품들에서 음향이 강한 언어를 많이 사용하고 있다는 것이 눈에 띈다. 이를테면 '르,ㅇ'음의 받침소리와 거센소리, 된소리를 많이 사용하고 있다.

(47) 백두산

「백호」의 웃음, 격파솟아, 물줄기, 파몰아치던 , 곰팡이, 육박의 창끝, 치뚫으다, 칠성판에 올랐다. 꼭—악, 눈뿌리, 쪽잠, 서릿발로, 햇발을, 박달같이, 쭉-가르다, 떨기떨기, 펼쳤다, 골풀이치다, 떨구었다, 귀뿌리, 동댕이 쳤다, 뒤등박같은, 뚜껑인 듯, 떨어졌던 태양

(48) 땅의 노래

창이 빠지다, 입술을 감빨던, 삼단같은 정열, 목젖에 뼈다귀 걸린 듯, 가슴파기, 설음에 맺힌 그 분통

(49) 불타는 거리에서

깨뜨러진 기왓장, 찌글어진 병실, 떨어뜨리다. 방울방울의 눈물, 번개치다. 웃음소리 하냥 은방울같이

이상의 예에서 우리들은 그의 시어 속에 '르,ㅇ'받침소리와 된소리, 거센소리와 '치다', '뜨리다' 등의 보조어(補助語)들이 특히 빈번히 사용되어 있음을 볼 수 있다.

이 예들은 다만 그의 일부 작품에서 또 그 속의 일부만을 추출하여 낸 데 지나지 않는다. 이 밖에도 우리는 이상 열거한 작품들과 그 외의 작품들에서 또한 이 시인이 사용한 강음조의 언어를 무수히

발견할 수 있다. 이와 같은 강음어(强音語)들은 그의 작품 속에서 그의 창작의 전체적 화면의 부분을 조직하고 있는 현상들과 사상들의 세부를 조절하면서 우리의 감정을 격동시키고 흥분시키는 역할을 하고 있다.

이 밖에 조기천 시에서도 압운(押韻), 가음(加音56) 등 민족직 운율 수단으로 운율을 조성하고 있는데 그런 실례는 김소월 시보다 아주 적다.

이상에서 살펴본 바와 같이 김소월은 시어의 선택에서 유성자음 'ㄴ, ㄹ, ㅁ, ㅇ' 등이 쓰인 것을 이용하기를 즐기는데, 조기천은 시어의 선택에서 된소리, 거센소리의 자음이 쓰인 것을 사용하기를 즐긴다. 일반적으로 모음이 자음보다 발음이 윤활하고 자음에서도 유성자음이 무성자음보다, 순한소리가 된소리와 거센소리보다 발음이 더 윤활하다. 김소월은 유성자음 'ㄴ, ㄹ, ㅁ, ㅇ'으로 시적 감흥을 음향적으로 살렸기 때문에 그의 시를 읽으면 음악적 율동이 한 몸에 안겨온다. 그러나 조기천 시는 된소리와 거센소리를 많이 사용하였기 때문에 그의 시를 읽으면 장면이 장중하고 전투적인 강한 호소력을 느낄 수 있다. 이는 두 시인의 개성적 특성을 엿볼 수 있는 좋은 실례가 된다.

제 3 장
시의 행과 연 조직

1. 행 조직

시행 조직은 시 문장을 운율적으로 구획하는 작시법의 한 요소이다. 시행은 시 문장을 운율적으로 나눈 하나의 시 줄이고 호흡과 운율적 효과를 결합시켜 나눈 사상과 감정의 음악적 흐름 과정에 생기는 굴곡이다.[9]

시행은 우선 정서적 내용을 운율적으로 표현시키는 운율 조성의 기본적인 실현 형태이다. 즉 시행은 자체로 일정하게 운율을 조성시키면서 운율적 기초를 실현시키는 기능을 수행한다.

시 문장은 소설이나 극작품의 문장 형식과는 달리 시행이라는 독특한 형식으로 분 행하고 시행의 끝에서 마다 호흡 상으로 끊어지게 되며 시행들의 연속적인 병렬로 균형을 이루게 된다.

정서적으로 앙양된 날숨의 제한을 받아 시 문장을 시행이라는 짧

---

9) 김기종, "시운률론"(동북조선민족출판사, 1998년), 제6장

은 길이의 소리덩이로 토막지게 되며 그것이 모여 연을 이루고 있는 시는 그 어느 문장 형식보다 시행을 단위로 하여 어음 반복을 두드러지게 나타낸다.[10]

시행은 다음으로 체험과 감수를 위한 상응한 시간을 제공하여 행마다 끝에서 비교적 긴 휴지를 마련하여 줌으로써 사람들로 하여금 상상의 나래를 활짝 펼치게 한다.

시에 있어서 행의 구분과 행 내부에서의 음절군 결합 형태(音節群 結合形態) 등은 정서의 표현을 위한 시의 운율 구성에 있어서 매우 중요한 기능을 수행하며 그에 따라서 정형시와 자유시의 일부 표징들이 설정되며 작시 체계를 구분한다.

1) 문법의 논리적 의미의 결합 형식을 벗어나
   형상 창조에 이바지한 것

현대시의 시행 조직에서 첫째 특징은 문법의 논리적 의미의 결합 형식을 벗어나 형상 창조를 위한 새로운 결합으로 나타난 것이다.

언어학에서 연구되는 문법의 제반 법칙들은 시 문장 조직에서도 적응되지만 시의 운문적인 문장론에서는 일상 언어에 작용하는 문법과는 다를 수 있다. 그것은 시 문장이란 사람들의 생활 정서와 체험 세계를 나타내며 간명하고 집약적이며 음악적으로 정서를 노래하기 때문이다.[11]

자유시가 나타난 후 많은 시인들에 의하여 일상적 문법에서의 의미적 결합을 벗어나 형상 창조를 위한 시행 조직이 나타났으며 그에 의한 새로운 결합 형식이 탐구되었다.

---

10) 동상
11) 동상

① 비유법에 의한 단어 결합에서의 『초월 현상(超越現象)』

일상 언어에 작용하는 단어 결합 법칙은 시 문장의 시행 조직을 속박한다. 그리하여 시인들은 창작 실천을 통하여 시가 문법에서 허용될 수 있는 「자유로운」 단어 결합을 탐구하였다. 그것은 주로 단어들이 의미적인 제약과 논리적인 속박에서 벗어나면서 얻은 형상적 의미가 정상적인 단어 결합의 규칙을 벗어나는 데서 표현된다. 이것을 단어 결합에서 『초월 현상(超越現象)』이라고 한다.[12]

단어 결합에서 『초월 현상』은 우선 단어를 일정한 문맥에서 본래의 의미에서는 불가능한 대상과 연관시켜 새로운 형상적 의미, 문맥적인 일시적 의미를 획득하게 하는 형상성법에 의해 이루어진다. 즉 단어 결합에 의한 『초월 현상』은 한 단어가 본래 논리적으로 객관적으로 승인된 대상과 관련되는 것이 아니라 본래의 의미에서는 불가능한 대상과 관련되는 가운데서 이루어진다.

단어 결합에서의 『초월 현상』은 김소월의 시보다 조기천의 시에 더 많이 존재하고 있다.

   (50) 백두산

     ○ 양지쪽 잔디 언덕마냥
       <u>파 —란</u> 꿈 속에 포근하고
       <u>진달래 가지에 봄 맺히는</u> 이 때

     ○ 한손으로 이슬에 치맛자락
       다른 손엔 <u>어둠이 드러누운 바구니</u>

     ○ 꽃분의 목소리 <u>잠내</u> 난다.

---

12) 김기종, "시운률론"(동북조선민족출판사, 1998년), 제6장

○ 어찌 <u>줄달음치는 피</u> 속에서
   <u>생을 읊조리는</u>
   그 기쁨이 식어질수 있으랴!

○ <u>새파랗게 고민에 질린</u>
   땅에 수그러진 그의 낯 —

○ 석준의 떨리는 …… 목소리
   <u>재가 내여돋은</u> 입술 ……

(51) 불타는 거리에서

○ 사람들의 눈에서
   <u>푸른 번개치는</u> 것이다

○ <u>금 찌를듯 날고 있는</u> 눈썹!
   끝없는 분노 <u>타오르는</u> 이마!

(52) 조선은 싸운다

○ 컴컴한 거리를 깨뜨리며
   <u>검은 번개모양</u> 자동차 날아 지난다.

위의 (50), (51), (52) 등의 작품에 존재하는 이런 『초월 현상』은 독자들의 시 감상에서 상상과 연상이 작용하면서 아무런 지장도 주지 않는 자연스러운 표현으로 된다.

② 의인법에 의한 『초월 현상』
단어 결합에서 의인법에 의한 『초월 현상』은 조기천의 시에 김소월의 시에서보다 많이 사용되고 있다.

(53) 백두산(제2장 1)

안개 내린다 ―
산촌에 저녁안개 내린다.
어둠을 거느즉이 이끌고
길잡이도 없이 한 자욱 두 자욱
화전골 오솔길을 더듬어
저녁안개 두메로 내린다.
안개 내린다 ―
흰 양의 떼인양 꿈틀거리며
사발봉 츠렁바위에 쓰다듬다가
남몰래 슬며시
솔밭에 숨어들더니
그래도 마을에 내려서
밤이라도 편히나 쉬려는듯
안개 내린다 ―
백두산 안개 내린다!

위의 (53)에서는 의인법을 이용하여 안개 낀 주위의 자연 환경을 묘사함으로써 작품의 생동성을 보장하고 있다. 이런 『초월 현상』은 그의 다른 작품에서도 많이 찾아볼 수 있다.

③ 문장 성분 위치 바뀜에 의한 『초월 현상』

우리말에는 우리말의 민족적 특성을 반영하는 문장 성분의 위치가 있다. 만약 시 문장론에서 이런 정상적인 법칙에만 매달린다면 시행 조직에서 많은 구속을 받게 된다. 문장 성분 위치에서의 『초월 현상』은 조기천의 시 작품에서보다 김소월의 시 작품에서 더 많이 나타나고 있다.

(54) 첫치마

······
봄은 가나니 저믄 날에,
꽃은 지나니 저믄 봄에,
속없이 우나니 지은 꽃을,
속없이 느끼나니 가는 봄을.
꽃지고 잎진 가지를 잡고
미친 듯이 우나니, 집난이는
해 다지고 저믄 봄에
허리에도 감은 첫치마를
눈물로 함빡히 쥐여짜며
속없이 우누나 지는 꽃을,
속없이 느끼노나, 가는 봄을

(55) 바라건대 우리에게 우리의 보습 대일 땅이 있었더면

나는 꿈꾸었노라, 동무들과 내가 가지런히
벌가의 하루 일을 다 마치고
석양에 마을로 돌아오는 꿈을,
즐거이, 꿈 가운데

그러나 집 잃은 내 몸이여,
바라건대는 우리에게 우리의 보습 대일 땅이 있었더면!
이처럼 떠돌으랴, 아침에 저물손에
새라 새로운 탄식을 얻으면서.

동이랴, 남북이야,
내 몸은 떠가나니, 볼지어다,
희망의 반짝임은, 별빛이 아득함은.
물결뿐 떠올라라, 가슴에 팔다리에.

그러나 어쩌면 황송한 이 심정을! 날로 나날이 내 앞에는
자칫 가늘은 길이이어가라. 나는 나아가리라
한 걸음, 또 한 걸음, 보이는 산비탈엔
온 새벽 동무들 저저 혼자 …… 산경을 김매이는.

위의 (54)와 (55)에서는 문장 성분의 위치가 정상적인 법칙에서 벗
어나 아무런 구속도 없이 자유로이 뒤바뀌어 사용되고 있다. 김소월
의 시 작품 (54)와 (55) 이외에 문장 성분 위치에서의 『초월 현상』이
존재하는 작품으로는 『불운에 우는 그대여 나는 아노라』, 『두 사람』,
『가을저녁에』, 『半달』, 『물마름』 등이 있다.

④ 문장부호법에서의 『초월 현상』

부호란 일정한 뜻을 표현하기 위하여 정한 상징 기호를 말한다.
따라서 시 문장에서 부호는 다양하고 강한 정서적 표현 기능을 수행
하며 자체의 일정한 음가(音價)를 가지고 운율 조성에 참가하여 율조
의 조직적 기능을 수행한다.[13]

문장부호법에서의 『초월 현상』은 두말할 것 없이 조기천의 시가
김소월의 시보다 압도적 우세를 보인다.

조기천은 시에서 주로 감탄부호(!), 의문부호(?), 연음부호(―),
무언부호(…) 등의 문장 부호를 활용하면서 독자들에게 사색과 상
상의 여운을 오래도록 던져주고 있다.

(56) 백두산

고개 뒤에 또 고개 ―
몇몇이나 있으련고?
넘어넘어 또 넘어도
기다린 듯 다가만 서라!

---

13) 김기종, "시운률론"(동북조선민족출판사, 1998년), 제6장

한 골짜기 지나면
또 다른 골짜기 ― <제1장 1>

그 다음 ……
그 담엔 홍산골이 터졌다 ―
총 소리, 작탄 소리, 기관총 소리,
놈들의 아우성 소리!
뚜렷이 그려진 이 발자국,
어디론지 북으로 북으로 가 버린
가없이 외로운 이 발자국 ―
어느 뉘의 자취인가? <제1장 3>

위의 (56)에서는 감탄부호(!), 의문부호(?), 연음부호(―), 무언부호(…) 등의 문장 부호를 활용하여 초월 현상을 나타내고 있다.

2) 시행의 길이

시행 조직에서 가장 중요한 문제의 하나는 시행의 길이 문제이다. 시 창작 경험을 놓고 보면 시행이 짧게 끊어졌다 하여 모든 경우에 다 아름다운 운율이 있게 되는 것도 아니며 반대로 시행이 길다고 하여 꼭 시적 운율이 없는 것도 아니다.[14] 시행의 길이는 시인의 정서적 호흡과도 관계되고 시인의 개인적 문체와도 관계된다.

① 시인의 정서적 호흡과 시행의 길이

시인이 생활 정서의 음악적 흐름을 파악한 토대 위에서 그 흐름에 맞추어 시 문장을 음악적으로 조직함에 있어서 시인의 정서적 호흡이 직접적으로 작용한다. 즉 시인의 정서적 호흡의 특성은 시의 문장 구조에 예리하게 반영된다. 말하자면 조기천의 시는 비장하고 영

---

14) 동상

웅적인 것, 씩씩하고 용감한 정서적 색채를 띤 시인데 반하여 김소월의 시는 사색적이고 명상적인 것, 잔잔하고 부드러운 정서적 색채를 띤다.

시에서의 운율은 바로 이와 같이 다양한 생활 정서와 음악적 요소에 그 바탕을 두고 있으며, 이것이 또한 운율의 다양성을 조건지어 준다. 따라서 시인은 주어진 생활 정서와 음악적 요소들을 자기의 창작 개성에 의하여 파악하고 받아들인다.

우리가 볼 때 조기천의 시는 씩씩하고 용감한 정서적 색채를 띤 시이기 때문에 정서적 호흡의 주기가 짧다. 따라서 그의 시행의 길이도 짧다. 그러나 김소월의 시는 사색적이고 명상적인 것, 잔잔하고 부드러운 정서적 색채를 띤 시이기 때문에 정서적 호흡의 주기가 길며 따라서 시행의 길이도 길다.

(57) 생의 노래

첫 여름의 아침은 (7음절)
맑은 하늘을 고이 받들고 (8음절)
공장 지구에 들어섰다. (9음절)
젊은 대지와 더불어 (8음절)
이슬에 반짝이며. (7음절) <제2장 8>

(58) 님에게

한때는 많은 날을 당신 생각에 (12음절)
밤까지 새운 일도 없지 않지만 (12음절)
아직도 때마다는 당신 생각에 (12음절)
축업은 베갯가의 꿈은 있지만 (12음절)

위의 (57)은 조기천의 『생의 노래』 제2장 8의 일부분이고, (58)은 김소월의 『님에게』의 제1연이다. (57)의 시행의 길이의 평균 음절은

7.8 음절인데, (58)은 12음절이다. 이를 통해 볼 때 조기천의 시행이 김소월의 시행보다 길다는 것을 엿볼 수 있다.

② 개인적 문체와 시행의 길이

어떤 시인은 시 문장을 매우 간결하고 짧게 하는가 하면 어떤 시인은 행을 길게 하고 호흡을 느리게 한다. 이런 특징은 한 편의 작품으로서는 다 나타낼 수 없으나 그가 쓴 전편의 작품을 읽어 보면 그것이 뚜렷이 나타난다. 이리하여 개성이 있는 시인은 자기의 문체를 가진다.

개인적 문체란 결국 시인의 사상 감정, 생활 감정, 그의 취미와 기호 등에 의하여 현실과의 관계에서 이루어지는 예술적 개성이며 그에 의해 나타난 문장투를 말한다.

개성이 뚜렷한 시인 김소월과 조기천의 경우도 마찬가지다. 주지하는 바와 같이 김소월은 1920~30년대 일제의 암흑한 통치 하에 문단에서 활약했던 시인으로서 압박을 받고 착취를 받는 암흑한 현실을 직감하면서도 그에 대항할 수 없는 모순된 심정을 시에 담아 토로하고 있다.

그러나 조기천은 1940~50년대의 시인으로서 전쟁터에 나가서까지도 시를 짓는 전투적 시인이다. 이렇게 서로 다른 창작 환경은 시의 풍격을 결정짓는 데 큰 역할을 하고 있다.

또 두 시인의 죽음을 놓고 볼 때 김소월은 모순된 현실 속에 모대기다가 음독 자살하였고, 조기천은 전쟁터에서 시를 지으며 싸우다가 전사하였다. 이렇게 전혀 다른 성격을 지닌 두 시인의 창작 개성은 같을 수가 없는 것이다.

개인적 문체는 시인의 성격, 생활 감정과 직접적인 관계를 가진다. 그래서 김소월 시의 시행의 길이는 길고 조기천 시의 시행의 길이는 짧은 것이다.

2. 연 조직

시에서 연은 복잡하고 방대한 운율적 단위이다. 시행이 모여서 시련(詩聯)이 되고 시련이 합쳐 한 편의 시를 이룬다. 따라서 주어진 시행들의 유기적인 연관과 상호 조응 관계는 시련에서 이루어지며, 그것을 통하여 운율적 형태와 음조미(音調美)가 드러난다. 이 운율적 형태와 음조미는 매 시련들의 유기적인 연관과 상호 조응 관계를 통하여 하나의 완결된 시 운율과 율조미(律調美)를 조성한다.[15] 그러므로 매개 시련의 운율적 형태와 음조미는 시의 기본 음조에 맞아야 한다. 그래야만 시련들이 무리 없이 맞물리게 되며 운율 조성의 통일성과 전일성(全一性)을 보장할 수 있다.

그러나 창작 실천에서 기본 음조에만 매달린다면 율조가 단조롭고 박력이 없어지며 운율이 유창하게 흐르지 못한다. 즉 현대시의 자유율은 기본 음조의 통일성과 전일성(全一性)을 보장하면서도 시를 사상 정서적 내용에 맞게 다채로운 정서적 색채로 풍부하게 채색하며, 운율이 박력 있고 유창하게 흐르게 할 것을 요구한다. 시련은 반드시 정서적 색채와 감정 조직의 요구에 맞게 능동적으로 조직하여야 하며 시의 정서를 가일층 돋구는 운율을 창조하여야 한다. 자유시에서는 고정된 시행이 없으며 시행수가 자유로워 일정하지 않다. 즉 시행과 시련이 무정형적(無定型的)이다.

김소월의 시는 7.5조 정형시에 기초한 자유시이고, 조기천의 시는 어느 격식에 구속되지 않고 행과 연을 마음대로 조직한 자유시이다.

1) 김소월 시의 시련 조직

김소월 시 작품 가운데 기본 율조가 7·5조이고, 4행이 한 연을

---

15) 김기종, "시운률론"(동북조선민족출판사, 1998년), 제6장

이루고 있는 것이 많다. 그의 시 『여름의 달밤』, 『물마름』, 『산』, 『옛이야기』, 『왕십리』, 『삭주구성』, 『님에게』 등의 작품이 이런 예에 속한다.

(59) 옛이야기

고요하고 어두운 밤이 오면은
어스레한 등불에 밤이 오면은
외로움에 아픔에 다만 혼자서
하염없는 눈물에 저는 웁니다

제 한몸도 예전엔 눈물 모르고
조그마한 세상을 보냈습니다
그때는 지난날의 옛이야기도
아무 설움 모르고 외었습니다

그런데 우리 님이 가신 뒤에는
아주 저를 버리고 가신 뒤에는
전날에 제게 있던 모든 것들이
가지가지 없어지고 말았습니다

그러나 그 한때에 외어두었던
옛이야기뿐만은 남았습니다
나날이 짙어가는 옛이야기는
부질없이 제 몸을 울려줍니다

김소월의 시 작품 중에는 7·5조이면서 3행이 한 연을 이루고 있는 시가 있다. 그 예로 『진달래꽃』, 『가는길』, 『길』, 『개여울』, 『못잊어』, 『풀따기』, 『春香과 李道令』 등을 찾아볼 수 있다.

(60) 진달래꽃

나 보기가 역겨워
가실 때에는
말없이 고이 보내 드리우리다.

영변에 약산
진달래꽃
아름 따다 가실 길에 뿌리우리다.

가시는 걸음걸음
놓인 그 꽃을
사뿐히 즈려밟고 가시옵소서.

나 보기가 역겨워
가실 때에는
죽어도 아니 눈물 흘리우리다.

　김소월의 시 작품 중에는 1행, 2행, 3행, 4행, 5행, 6행, 7행, 8행, 9행 등이 한 연을 이루는가 하면 이런 유형들이 한 시 작품에서 서로 얽혀 배합되어 있는 것들이 있다.

　김소월의 시 작품 가운데 2행이 1련을 이루고 있는 것으로 『예전엔 미처 몰랐어요』, 『거친 풀 흐트러진 모래동으로』, 『해가 서산마루에 저물어도』 등을 들 수 있다.

(61) 예전엔 미처 몰랐어요

봄 가을 없이 밤마다 돋는 달도
「예전엔 미처 몰랐어요」

이렇게 사무치게 그리울 줄도

「예전엔 미처 몰랐어요」
달이 암만 밝아도 쳐다볼 줄을
「예전엔 미처 몰랐어요」

이제금 저 달이 설움인 줄은
「예전엔 미처 몰랐어요」

　　김소월의 시 작품 중에서 3행이 1련을 이루고 있는 시 작품으로는
『봄밤』, 『우리 집』, 『바리운 몸』 등이 있다.

(62) 봄밤

실버드나무의 거무스레한 머릿결인 낡은 가지에
제비의 넓은 깃 나래의 감색 치마에
술집의 창 옆에, 보아라, 봄이 앉았지 않는가.

소리도 없이 바람은 불며, 울며 한숨지어라
아무런 줄도 없이 섧고 그리운 새카만 봄밤
보드라운 습기는 떠돌며 땅을 덮어라.

　　김소월의 시 작품 가운데 4행이 1련을 이루고 있는 것으로는『밭
고랑우에서』, 『저녁때』, 『바라건대는 우리에게 우리의 보습 대일땅이
있어더면』, 『꽃초불 켜는밤』 등이 있다.

(63) 저녁때

마소의 무리와 사람들은 돌아돌고, 적적히 빈 들에,
엉머구리 소리 우거져라.
푸른 하늘은 더욱 낮추, 먼 산 비탈길 어둔데
우뚝우뚝한 드높은 나무, 잘 새도 깃들여라.

볼수록 넓은 벌의
물빛을 물끄러미 들여다보며
고개 수그리고 박은 듯이 홀로 서서
긴 한숨을 짓느냐. 왜 이다지!

온 것을 아주 잊었어라, 깊은 밤 예서 함께
몸이 생각에 기비엽고, 맘이 더 높이 떠오를 때.
문득, 멀지 않은 갈숲 새로
별빛이 솟구어라.

　김소월의 시 작품 중에서 6행이 1련을 이루고 있는 것으로는 『가을아침에』, 『하다못해 죽어 달래가 옳나』 등이 있다.

(64) 하다못해 죽어 달래가 옳나

아주 나는 바랄 것 더 없노라
빛이랴 허공이랴,
소리만 남은 내 노래를
바람에나 띄워서 보낼밖에,
하다못해 죽어 달래가 옳나
좀더 높은 데서나 보았으면!

한세상 다 살아도
살은 뒤 없을 것을,
내가 다 아노라 지금까지
살아서 이만큼 자랐으니
예전에 지내본 모든 일을
살았다고 이를 수 있을진댄!

물가의 닳아져 널린 굴 꺼풀에
붉은 가시덤불 뻗어 늙고
어둑어둑 저문 날을

비바람에 울지는 돌무더기
하다못해 죽어 달래가 옳나
방의 고요한 때라도 지켰으면!

   김소월의 시 작품 중에서 한 연이 1행, 2행, 3행, 4행, 5행, 6행, 7
행, 8행, 9행 등으로 서로 얽혀 배합되어 있는 것으로는 『서울밤』,
『실제(失題)』, 『묵념(默念)』, 『여수(旅愁)』 등이 있다.

(65) 서울밤

붉은 전등
푸른 전등
널따란 거리면 푸른 전등
막다른 골목이면 붉은 전등
전등은 반짝입니다.
전등은 그물입니다.
전등은 또다시 어스럿합니다.
전등은 죽은 듯한 긴 밤을 지킵니다.

나의 가슴의 속모를 곳의
어둡고 밝은 그 속에서도
붉은 전등이 흐득여 웁니다.
푸른 전등이 흐득여 웁니다.

붉은 전등
푸른 전등
머나먼 밤하늘은 새카맙니다.
머나먼 밤하늘은 새카맙니다.
서울 거리가 좋다고 해요
서울 밤이 좋다고 해요

붉은 전등
푸른 전등
나의 가슴의 속모를 곳의
푸른 전등은 고적합니다.
붉은 전등은 고적합니다.

(66) 실제(失題)

이 가람과 저가람이 모두 쳐흘러
그 무엇을 뜻하는고?

미더움을 모르는 당신의 맘

죽은 듯이 어두운 깊은 골의
꺼림칙한 괴로운 몹쓸 꿈의
퍼르죽죽한 불길은 흐르지만
더듬기에 지치운 두 손길은
불어가는 바람에 식히셔요
밝고 호젓한 보름달이
새벽의 흔들리는 풀노래로
수줍음에 추움에 숨을 듯이
떨고 있는 물 밑은 여기외다.

미더움을 모르는 당신의 맘

저 산과 이 산이 마주서서
그 무엇을 뜻하는고?

(67) 여수(旅愁)

유월 어스름 때의 빗줄기는
암황색의 시골(屍骨)을 묶어 세운 듯,

뜨며 흐르며 잠기는 손의 널 쪽은
지향도 없어라, 단청(丹靑)의 홍문(紅門)!

저 오늘도 그리운 바다,
건너다보자니 눈물겨워라!
조그만한 보드라운 그 옛적 심정의
분결 같던 그대의 손의
사시나무보다도 더한 아픔이
내 몸을 에워싸고 휘떨며 찔러라,
나서 자란 고향의 해돋는 바다요

위의 (65)~(67)의 각 연의 시행 수를 살펴보면, (65)는 '8행-4행-6행
-5행'으로, (66)은 '2행-1행-9행-1행-2행'으로, (67)은 '4행-7행'으로 구
성되어 있음을 알 수 있다.

김소월의 시 중에는 연을 나눈 것이 대다수이지만 분절하지 않은
단련체(單聯體) 시도 적지 않다. 그의 시 『만리성(萬里城)』, 『담배』, 『만
나려는 心思』, 『님과 벗』, 『꿈』, 『오시는 눈』, 『바람과 봄』, 『눈』, 『깊
고 깊은 언약』, 『生과 死』, 『어인(漁人)』 등이 그런 예에 속한다. 이것
들 중 『만리성』과 『담배』의 전문(全文)을 옮겨 보면 다음과 같다.

(68) 만리성(萬里城)

밤마다 밤마다
온 하룻밤
쌓았다 헐었다
긴 만리성!

(69) 담배

나의 긴 한숨을 동무하는
못 잊게 생각나는 나의 담배!

내력을 잊어버린 옛 시절에
났다가 새 없이 몸이 가신
아씨님 무덤 위에 풀이라고
말하는 사람도 보았어라.
어물어물 눈앞에 스러지는 검은 연기,
다만 타붙고 없어지는 불꽃.
아 나의 괴로운 이 맘이여.
나의 하염없이 쓸쓸한 많은 날은
너와 한가지로 지나가라.

2) 조기천 시의 연 조직

조기천의 서사시의 시련 조직을 본다면 김소월의 대부분 시의 시련 조직처럼 규칙적인 틀에 얽매인 것이 아니라 시련 조직을 자유롭게 하고 있다.

그의 장편서사시 『백두산』, 『생의 노래』의 한 연의 행수를 보면 불규칙적으로 십여 행이 한 연을 이루고 있는가 하면 수십 행이 한 연을 이루고 있다.

(70) 백두산 (제1장 1)

고개 뒤에 또 고개 —
몇몇이나 있으련고?
넘어넘어 또 넘어도
기다린 듯 다가만 서라!
한 골짜기 지나면
또 다른 골짜기 —
이깔로 백화로 뒤엉켜 앞길 막노니
목도꾼이 고역에 노그라지듯
골짜기는 으슥히 휘늘어져 있어라!
울림으로 삑삑하여 몇백리

백설로 아득하여 몇천리 —
사나운 짐승도
발길 돌리기 서슴어하고
날새도 고적에 애태우다
날아 날아 떠나고야 마는
장백의 중중심처 홍산골 —
절벽 사이 칼바람에 쌓인 눈 우에
뚜렷이 그려진 이 발자국,
어디론지 북으로 북으로 가버린
가없이 외로운 이 발자국 —
어느 뉘의 자취인가?
눈보라에 길 잃었던 포수
절망에 운명 맡긴 자취인가?
어느 넌지 북으론 웨 갔느뇨?
북에선 백두산이 백발을 휘날리며
한설을 안아 뒤뿌려치는데,
서릿발로 함숨 쉬고 있는데!

(71) 백두산 (제1장 2)

눈 우에 뚜렷한 이 발자국
눈여겨 살피라 —
그 속엔 절망이 흔적 없으리,
지난 밤 흰 두루마기 사람들
설피 신고 이곳 꿰여 북으로 갔으니
사람은 몇백이나 되어도
발자욱은 하나만 남겨 두고 —
그런데 오늘은 이 발자국 허물이며
수십의 왜놈의 무리
허리까지 눈무지에 빠지며
토벌의 큰 불 밀림에 지르런다
맨 앞엔 군견 두 마리 날뛰고

그 뒤엔 안경이 번뜩이고
또 그 뒤엔 서리 어린 총부리와 총부리 —
「대체 한 사람의 발자욱뿐 —
모두 어디로 갔느냐 말이야!」
절벽에 안경을 두리번 두리번
맨 앞놈의 중얼거림
「글쎄요 …… 신출귀몰은 ……」
옆놈의 대답 끊나기도 전에
「땅」 — 총 소리
얼어든 대기를 깨뜨린다
「안경」이 눈에서 다리도 못뺀채
경례나 하듯이 꺼꾸러진다

(70)과 (71)은 조기천의 『백두산』제1장 1절과 제2절이다. (70)은 27행, (71)은 24행으로 구성되어 있다.

(72) 생의 노래 제1장 제1절

산은 머리 높이 들어
동해의 파도소리를 듣는가
아니면 함주 백릿돌을
고스란히 지키는 초병인가 —
산을 이곳에선
매봉이라 부른다
五백년 왕조의 력사도
지난 세기의 수치를 자아내건만
한때의 어지런 꿈 같이
「본궁」의 옛 기왓장에 어렸건만
성천강은 유유히 흐른다
함흥 찾아 한번 건너만 오며는
다시 건너가지 못했다는
성천강 맑은 물결은

조선의 봄,
인민의 봄을 가득 싣고
대해로 흐른다 흐른다

(73) 생의 노래 (제1장 2)

구름을 잡아선고
안개를 품어선고
운전벌이 펼치였는데
푸른 하늘을 받드는
흰 빛 굴뚝들 ―
한번 쳐다만 보아도
가슴이 버는 듯
그 밑으로 줄쳐 쌓인
운포의 석회석은
구름으로 울타리 세웠는가
자연의 위대한 비밀이며
이 땅의 무한한 자원을
낱낱이 속삭이는가 ―

(72)와 (73)은 조기천의 『생의 노래』제1장 제1절과 제2절이다. (72)는 모두 17행으로 구성되어 있고, (73)은 13행으로 이루어져 있다.

(74) 조선의 어머니

어머니는 흰 옷 입으시고 둥뚝에 섰나이다
푸른 고개 누른 신작로에
움직이는 하나의 모습 ―
오늘은 세째 아들이
인민군에 자원병으로 간답니다

한해 전에 맏아들이 떠났고

한달 전에 둘째 아들이 떠났고 ―
푸른 고개 넘에로
아들의 모습은 사라져도
어머니는 잊은 듯이 서고만 있나이다
…… 〈중략〉 ……
다만 전쟁이 끝났을 제야
마을 젊은이들이 전선에서 돌아올 제야
어머니는 이 동뚝에 나와서
눈물로써 그들을 맞으리다
아들 삼형제 돌아오려니
저 푸른 고개를 바라보시리라

(74)는 조기천의 서정시 『조선의 어머니』의 제1련, 제2련, 제7련을 옮긴 것이다. 이 작품은 모두 모두 8련으로 조직되어 있다. 제1련과 제2련은 5행, 제7련은 6행으로 이루어져 있다. 우리는 조기천의 시 작품(70) ~(74)를 통해 조기천은 다양한 행으로 연을 구성하였음을 엿볼 수 있다.

조기천의 시 작품은 연을 나눈 것이 대다수이지만 분절하지 않은 단련체(單聯體)시도 있다. 다음의 (75)는 조기천의 『수양버들』이라는 서정시이다. 이것은 12행, 단련체 시이다.

(75) 수양버들

아침마다 창문을 열면
봄빛을 줄줄이 드리우며
수양버들이 흐느적흐느적,
그러면 내 마음의 천정에서도
무엇인지 봄빛을 흘리며
줄줄이 내리네 드리우네
온 하루 일터에서도
머리 속에서 실버들이 흐느적이네

그러면 나도 모를 큰 힘이
가슴 속에 푸르게 자라나네
아침마다 의젓이 푸르러지는 실버들
어찌면 저리도 내 마음 같으리!

제 4 장
어휘론적 표현

표현 수단에서 어휘 수단은 시인의 개성이 가장 뚜렷하게 나타나는 분야이다. 그것은 작품 창작에서 기본은 어디까지나 어휘 선택이라는 사정과 관련된다.[16] 시인들은 시어(詩語) 하나하나를 금전 군이 사금 찾듯 고르고 또 고르며 금강석 마냥 다듬고 또 다듬는다. 이처럼 하나의 시어는 고심 참담한 노력 끝에 얻어지는 시인의 노력과 탐구의 결정체이며 사색과 열정의 산물이다. 이러한 시어(詩語)만이 개성적 특성을 엿 볼 수 있게 하며, 이러한 시어(詩語)로 씌어진 시만이 두고두고 잊혀지지 않고 외우고 또 외우고 싶은 작품이 되는 것이다.

시인의 개성이 어휘 수단 선택에서 어떻게 나타나는가 하는 것은 시인이 어휘를 얼마나 풍부하게 소유하고 있는가 하는데 따라 결정된다고 할 수 있다. 집도 좋은 집을 짓자면 자재가 풍부하여야 하듯이 개성이 뚜렷한 작품을 창작하자면 시어(詩語)를 많이 소유하여야

---

16) 김길성, "시인의 개성과 언어수단선택 연구" 제1절

한다.

그러면 구체적인 작품들을 가지고 김소월과 조기천 두 시인의 개성을 대비적으로 살펴보기로 하자.

작품의 편폭(篇幅)이 다름으로 하여 김소월 시의 전체 어휘수가 조기천 시의 전체 어휘수의 1/4도 안 되지만 우리는 비례수(比例數)를 통하여 문제점을 발견할 수 있다.

어휘 소유 량을 품사별로 분석하는 목적은 어휘 선택에서 시인의 경험을 보다 구체적으로 깊이 있게 일반화하자는 데 있으며, 어떤 품사부류의 단어가 시어(詩語)로 얼마만큼 선택되었으며, 그것이 주는 표현적 효과는 어떤 것인가를 밝히는 데 있다. 여기서 언급하고 넘어가야 할 것은 품사의 분류 문제이다. 품사의 분류에 관해 역대의 문법가들이 서로 다른 견해를 가지고 있는 것은 사실이다. 그러나 이곳에서 다뤄야 할 문제는 필경 품사 분류 문제인 것이 아니기 때문에 필자는 품사의 분류에 있어서 주로 최명식·김광수의 『조선어 문법』(2000)에 의거하였다. 다만 이른바 격토를 이주행의 『한국어 문법의 이해』(2001)에 따라 독립된 품사로 설정하여 '격조사'로 처리하였다. 또한 부사의 일종인 상징 부사는 작가의 개성을 뚜렷하게 나타내는 것이기 때문에 '상징어'라 하여 별도로 고찰하였다.

1. 명사의 사용

소월 시의 명사 선택 사용 비율을 조기천 시와 비교하면 다음 【표 1】과 같다.

【표 1】 명사의 사용 비율

	명사의 전체 어휘수	비율(%)
김소월	2,433	42.0
조기천	12,158	50.7

위의 【표 1】에서 보는 바와 같이 명사 어휘(語彙) 사용에서 조기천 시는 김소월 시보다 8.7%나 높은 비율을 보여 주고 있다.

명사 선택 사용에서 조기천의 시가 김소월의 시보다 8.7%나 높다는 것은 역시 시인의 개성을 엿볼 수 있는 좋은 예가 된다. 앞에서 살펴본 바와 같이 조기천은 전투적인 시인이다. 일반적으로 말할 때 체언과 용언이 유기적으로 결합되어야 문장이 이루어진다. 왜냐하면 체언은 문장에서 서술의 주제가 되거나 또는 목적이 되는 대상물을 이름하고 용언은 그 대상물에 대하여 서술하는 말들이다. 조기천의 시에서 명사가 더 많이 씌었다는 것은 특정된 작시(作詩) 환경17)으로 말미암아 구체적인 설명을 피하고 강한 호소력과 전투력으로 그저 사실의 줄거리만 간단히 형상화하였던 것이다. 그러나 김소월의 경우 조국 산천에 대한 사랑과 현실 속에서 맺힌 한(恨)을 민요조의 풍격에 담아 잔잔히 흐르는 물과 같이 자신의 감정을 토로하였기 때문에 대상물을 이름하는 명사보다도 구체적인 설명이 더 필요하였던 것이다.

김소월 시의 명사 선택에서의 특징은 우선 무슨 뜻인지 이해하기

---

17) 조기천은 주로 전쟁터에서 시 창작을 하였다.

힘든, 사전에 오르지 않은 단어를 사용하고 있는 것이다.

(76) 산

ㅇ 山새는 왜 우노, <u>시메산골</u>

(77) 여름의 달밤

ㅇ 이윽고 <u>식새리의</u> 우는 소리는
　밤이 들어가면서 더욱 잦을 때

(78) 기억

ㅇ 다시금 실 벗듯한 가지 아래서
　시커먼 <u>머릿길은</u> 번쩍어리며

　이상의 예문 (76), (77), (78) 등을 보지 않고 '시메산골, 식새리, 머릿길' 등 단어만 의거하면 무슨 뜻인지 알 수 없는 것이다. 그나마 문장에 의거하여 대체적으로 품사를 분류할 수 있다.

(79) 바다

ㅇ 파랗게 좋이 물든 藍빛 하늘에
　저녁놀 스러지는 바다는 어디.

(80) 접동새

ㅇ 아홉이나 남아 되던 오랩동생을
　죽어서도 못잊어 차마 못잊어

(81) 산유화

○ 갈 봄 여름 없이
　꽃이 피네

　(79), (80), (81) 등에서 밑줄 친 부분의 단어의 원형은 '놀→노을', '오랩동생→오래비동생', '갈→가을'이다. 시인 김소월은 명사 선택 사용에서도 압축법(壓縮法)을 이용하여 운율을 조성하고 있다. 이 밖에 현대어 대신 옛 단어를 사용하고 있다.

(82) 접동새

○ 津頭江 <u>가람가</u>에 살던 누나는
　이붓어미 시샘에 죽었습니다.

(82)에서 '가람가'의 현대어는 '강가'이다.
　김소월 시의 명사 선택 사용에서는 이외에도 음향이 강한 명사적 단어를 이용하여 작가의 침체적(沈滯的) 심정을 나타냈다.

(83) 접동새

○ 접동
　접동
　아우래비 접동

(84) 오는 봄

○ 그러나 눈이 깔린 <u>두던</u> 밑에는
　그늘이냐 안개냐 아지랑이냐

'접동새'를 일명 '소쩍새'라고도 하고 '두던'을 일명 '둔덕'이라고 한다. 그러나 (83)과 (84)에서 시인은 '소쩍새' 또는 '둔덕'을 쓰지 않고 음향이 강한 '접동'과 '두던' 등 단어를 사용하면서 운율을 조성하고 있다.

조기천의 시에서 명사 선택의 특징은 우선 뜻이 같은 말의 계열에서 한 단어만을 일률적으로 선택하여 이용한 것을 찾아볼 수 있다.

예를 들면 '사람'과 '인간', '낯', '얼굴'은 같은 뜻 같은 말 계열에 속하는 단어들이다.

그런데 조기천의 시에서는 '사람'만이 사용되고 '인간'은 사용되지 않았으며 '낯'만이 쓰이고 '얼굴'은 사용되지 않았다. 이것은 시인이 일부 단어들을 의도적으로 사용하지 않았다는 것을 보여주고 있다.

그러면 시인이 어휘 소유량을 감소시키면서까지 굳이 단어를 고정시켜 선택한 이유를 알아보기로 하자.

(85) 조선은 싸운다

　○ 세계의 정직한 <u>사람</u>들이여!
　　지도를 펼치라
　　싸우는 조선을 찾으라

(85)에서는 '사람' 대신에 '인간'을 바꾸어 넣고 음미해 보면 '사람'으로 쓴 시어(詩語)가 얼마나 생경한 맛을 주는가 하는 것을 알 수 있다.

'사람'과 '인간'은 뜻 같은 말이지만 '사람'은 고유어로서 주로 입말에 어울리고 '인간'은 한자어로서 주로 글말에 어울린다. 따라서 시인이 '사람'만을 선택하여 사용한 데는 고유어의 비중을 높이고 입말의 선택에 깊은 관심을 돌렸다는 것을 알 수 있다.

(86) 불타는 거리에서

○ 낯을 보라!
   원쑤의 폭격에
   불타는 거리에서
   이 나라 사람들의 낯을 보라

(86)에서 시인이 '얼굴'대신에 '낯'만을 사용한 데는 두 단어의 소리느낌에서 오는 차이에 기인된 것이다. '낯'은 '얼굴'에 비해 소리 느낌이 거세게 느껴진다. 그것은 '낯'이 발음될 때 뒤에 모음이 오면 거센소리로 발음되고 자음이 오면 된소리로 발음되는 것과도 관련된다. 즉 낯이[나치], 낯을[나츨], 낯과[낟꽈], 낯들[낟뜰]이 그러하다. 그러나 '얼굴'은 반대로 소리 느낌이 부드럽고 유순하다. 그것은 '얼굴'의 마지막 자음이 울림소리인 것과 관련된다.

된소리, 거센소리는 크고 세차고 거창한 소리 느낌을 주는데, 울림소리는 보다 부드럽고 연하고 작고 귀여운 것 등의 소리 느낌을 갖게 한다.

거세차고 거창한 소리 느낌으로 특징지어지는 시인 조기천의 개성적 특성은 '얼굴' 대신에 '낯'만을 선택하여 사용하게 하였던 것이다. 이처럼 조기천은 하나의 어휘를 선택하여도 개성적 특성이 뚜렷이 나타나도록 진지한 탐구와 노력을 아끼지 않았다.

조기천 시의 명사 선택에서 다른 하나의 특징은 일반적으로 쓰이지 않는 잠재적 어휘를 사용한 것이다. 작품에 사용된 잠재적 어휘들로는 '귀뿌리, 손싸래, 첩첩층암, 청청밀림, 중중심처' 등을 들 수 있다. 이 시어(詩語)들은 독특한 의미-정서적 색채로 하여 표현적 효과를 높일 뿐만 아니라 우리말 어휘 구성을 풍부히 하는 데 크게 기여하였다.

2. 대명사의 사용

김소월과 조기천의 대명사 사용 대비 자료는 다음 【표 2】와 같다.

【표 2】 대명사의 사용 비율

	대명사 전체 어휘수	비율(%)
김소월	533	9%
조기천	1862	8%

【표 2】에서 보는 바와 같이 두 시인의 작품에서 대명사의 사용 비율은 별반 차이가 없다. 대명사의 사용에서 조기천 시의 특징은 사물 현상을 의인화하고 그것을 대명사로 표현함으로써 시어의 간결성을 보장한 것이다. 김소월의 시에서는 이러한 보기를 찾아보기가 어렵다.

(87) 두만강

ㅇ 두만강이여. 이것이
  그대 그려둔 조선의 사내 아닌가?

ㅇ 두만강이여. 이것이
  그대 그려둔 조선의 녀인이 아닌가?

ㅇ 두만강이여. 이것이
  그대 그려둔 조선의 지사가 아닌가?

ㅇ 두만강이여. 이것이
  그대 그려둔 조선의 의병이 아닌가?

(87)에서 '그대'는 '두만강'을 대신함으로써 소리마디를 줄이고 시어의 간결성을 보장하였다. 이외에도 다른 작품에서 '동해바다', '백두산', '세계'를 '너'로 의인화하여 표현한 것을 찾아볼 수 있다.

3. 수사의 사용

김소월과 조기천의 시에 쓰인 수사의 실태는 다음의 【표 3】과 같다.

【표 3】 수사의 사용 비율

	수사 전체 어휘수	비율(%)
김소월	96	1.7%
조기천	407	1.7%

수사의 사용 비율은 두 시인의 작품이 같아서 개성적 차이를 찾아볼 수 없다.

4. 동사의 사용

김소월과 조기천 시에서 동사가 사용된 비율은 다음의 【표 4】와 같다.

【표 4】 동사의 사용 비율

	동사 전체 어휘수	비율(%)
김소월	1496	26%
조기천	6086	25%

【표 4】에서 보는 것처럼 김소월의 시에서 동사가 사용된 비율이 조기천의 시보다 1% 높다.

주지하다시피 명사는 대상을 이름지어 나타내는 단어임에 반하여 동사는 사물의 동작을 운동적(運動的)으로 진술하는 것이다. 물론 명사에도 사물의 동작을 뜻하는 단어들이 있지만 그것은 어디까지나 정지되고 고정적인 것이다. 김소월이 조기천보다 동사를 더 많이 사용하였다는 것은 자기 작품에서 구체적인 설명을 가했다는 것을 알 수 있다.

김소월의 시에서 동사 선택의 특징은 우선 존대 계칭의 종결토와 결합되는 경우가 많다. 이런 예는 김소월 시의 도처에서 찾아볼 수 있다.

(88) 님의 노래

그리운 우리 님의 맑은 노래는
언제나 제 가슴에 젖어 있어요

긴 날을 문밖에서 서서 들어도
그리운 우리 님의 고운 노래는
해지고 저물도록 귀에 들려요
밤들고 잠들도록 귀에 들려요

고이도 흔들리는 노랫가락에
내 잠은 그만이나 깊이 들어요

고적한 잠자리에 홀로 누워도
내 잠은 포스근히 깊이 들어요

그러나 자다 깨면 님의 노래는
하나도 남김없이 잃어버려요.
들으면 듣는 대로 님의 노래는
하나도 남김없이 잊고 말아요

(88)에서는 존대 계칭의 종결토를 사용함으로써 사랑하는 님을 잊으려 해도 잊지 못하는 모순된 심정을 표현하고 있다. 만약 여기에서 존대 계칭의 종결토를 사용하지 않고 대등의 계칭이나 하대 계칭을 사용한다면 표현의 효과를 높일 수 없다. 이런 실례를 하나 더 들어 보기로 하자.

(89) 진달래꽃

나 보기가 역겨워
가실 때에는
말없이 고이 보내 드리오리다.

녕변에 약산
진달래꽃
아름 따다 가실 길에 뿌리오리다.

가시는 걸음걸음
놓인 그 꽃을
사뿐히 즈려밟고 가시옵소서.

나 보기가 역겨워
가실 때에는
죽어도 아니 눈물 흘리오리다.

(89)에서 만약 존대 계칭을 쓰지 않고 하대 계칭을 선택하였다면 소기의 표현 효과를 거둘 수가 없다. 하대 계칭을 사용하였다면 원래의 시에서 표현된 이별에 대한 사무친 정한을 참고 견디며 사랑하던 사람이 잘 되기를 기원하는 자기 희생적인 마음을 잘 표현할 수 없을 뿐만 아니라 오히려 그 어떤 마지못하여 하는 혹은 거들먹진 표현이 될 것이다. 이런 실례는 작품 『풀따기』, 『산위에』, 『접동새』, 『여자의 냄새』, 『가는 길』, 『못 잊어』 등에서도 찾아볼 수 있다. 여기서 김소월은 계칭을 통일시킴으로써 운율을 조성하고 있다.

조기천의 시에서는 이와 반대로 대화체 문장을 제외하고는 존대 계칭의 종결토와 결합되는 경우가 거의 없다.

(90) 생의 노래 (제1장 1)

산은 머리 높이 들어
동해의 파도소리를 듣는가
아니면 함주 백릿돌을
고스란히 지키는 초병인가 ―
산을 이곳에선
매봉이라 부른다
五백년 왕조의 력사도
지난 세기의 수치를 자아내건만
한때의 어지런 꿈 같이
「본궁」의 옛 기왓장에 어렸건만
성천강은 유유히 흐른다
함흥 찾아 한번 건너만 오며는
다시 건너가지 못했다는
성천강 맑은 물결은
조선의 봄,
인민의 봄을 가득 싣고
대해로 흐른다 흐른다

조기천의 시에서 동사 사용의 특징은 동사 원형을 그대로 시어로 전환시킨 것이다. 동사 원형이란 동사의 본래 형태 즉 사전에 올라 있는 형태를 말한다. 동사 원형에는 시칭(時稱) 관계를 나타내는 요소가 쓰이지 않는다.

(91) 백두산

> ……
> 이날 밤에 눈이 내렸다 —
> 하늘도 땅도 바위츠렁도
> 홍산골 싸움터도
> 눈속에 묻히였다
> 이깔밭만 七월의 꽃 피는 삼밭이 되고
> 대부동 고목에도 때아닌 꽃이 <u>피다</u>
> 이 밤 빨찌산 부대
> 나흘만에 천막에 <u>들다</u> —
> ……　　<제6장 1>
>
> 초병들도 긴 하품에
> 눈시울이 아파질 무렵
> 빨찌산 부대 깊은 잠 <u>들다</u>
> ……　　<제4장 2>
>
> 밤은 밑바닥도 없이 깊어 가는데
> 높은 산 깊은 골 지나
> 빨찌산들이 압록에 <u>이르다</u>
> ……　　<제7장 1>

위의 (91)에서 '피다', '들다', '잠들다', '이르다'는 시칭 관계가 없지만 내용상으로 놓고 보면 과거의 사실이라는 것을 알 수 있다. 독자들이 능히 파악할 수 있는 것임에도 과거형 '피였다', '들었다',

'잠들었다', '이르렀다'로 표현한다면 이러한 표현은 보통의 표현 방식으로밖에 될 수 없을 것이며, 동사 원형에서와 같은 그러한 독특한 정서적 색채와 감흥을 일으키지 못했을 것이다.

5. 형용사의 사용

형용사는 대상이나 현상의 성질이나 상태를 나타내는 품사로서 미세한 의미-정서적인 색채를 표현하는 데 매우 중요한 역할을 한다.

김소월의 시와 조기천의 시에 형용사가 사용된 비율은 다음 【표 5】와 같다.

【표 5】 형용사의 사용 비율

	형용사 전체 어휘수	비율(%)
김소월	680	12%
조기천	1637	7%

【표 5】에서 보는 것처럼 김소월의 시에 형용사가 사용된 비율은 조기천의 시에서보다 무려 5%나 높다. 여기에서도 볼 수 있다시피 체언의 사용에서 김소월은 조기천보다 7.7%가 낮은 데 반하여 용언의 사용에서는 5%나 높다. 이 역시 구체적인 사실을 설명하는 것보다 강한 호소력과 전투력으로 독자들의 전투 정신을 불러일으키는 조기천의 시풍과는 달리 아름다운 조국의 산천 경개에 대한 사랑, 현실에서 오는 불만 정서와 한(恨)을 민요풍에 담아 노래하는 김소월의 시풍을 엿볼 수 있는 좋은 예가 된다.

형용사의 사용에서 김소월 시의 특징은 무엇보다도 색채어(色彩語)

와 감각어(感覺語)를 많이 사용하고 있는 것이다. 이런 실례는 그의 작품 도처에서 찾아볼 수 있다.

(92) 바다

뛰노는 흰 물결이 일고 또 잦는
붉은 풀이 자라는 바다는 어디.
　……

파랗게 좋이 물든 藍빛 하늘에
　……

(93) 님의 노래

그리운 우리 님의 고운 노래는
　……

(94) 옛이야기

고요하고 어두운 밤이 오며는
어스레한 등불에 밤이 오며는
　……

이상의 (92), (93), (94) 등에서 볼 수 있는 바와 같이 김소월은 원래의 색채 즉 자연적인 색채를 나타내는 단어와 감각어(感覺語)를 작품에 많이 이용하고 있다. 물론 추상적인 색책어(色彩語)와 감각어도 쓰고 있지만 주요하게는 자연적인 색채어나 감각어를 사용하고 있다.

이와 달리 조기천은 자연적인 색채어나 감각어보다 추상적인 색채어나 감각어를 더 많이 이용하고 있다.

(95) 두만강

○ <u>서러운</u> 그림자

(96) 봇둑에서

○ <u>그윽한</u> 이야기

(97) 불타는 거리에서

○ <u>푸른</u> 번개
　<u>검은</u> 구렁

(98) 눈길

○ <u>파릿한</u> 침묵

(99) 조선은 싸운다

○ <u>검은</u> 번개

이상의 (95)~(99)의 밑줄 그은 단어가 이런 경우에 속한다. 이렇게 조기천은 단어들의 의미적인 제약과 논리적인 속박에서 벗어나 상징적인 수법으로 '자유로운' 단어 결합을 탐구하였다.

6. 관형사의 사용

관형사는 대상의 특징을 규정하는 품사이므로 체언을 규정하는 구실을 한다.

김소월과 조기천의 시에 사용된 관형사의 비율을 보면 다음 【표 6】과 같다.

【표 6】 관형사의 사용 비율

	관형사 전체 어휘수	비율(%)
김소월	17	0.3%
조기천	195	0.9%

【표 6】을 보면 관형사의 사용 비율이 조기천이 김소월 시보다 0.6% 더 높은데, 이것은 조기천의 시가 김소월의 시보다 체언의 사용 비율이 높은 것과 관계된다. 관형사는 체언을 규정하여 주는 품사이기 때문이다.

(100) 넝쿨타령

칡넝쿨에 에헤요 벋을 적만 같애서는
가을철이 어리얼시 있을 법도 않더니만
하루밤도 찬서리에 에헤요 에헤야
맥이 풀려 잎들만 시들더라.
에헤요 시들어라.

복사꽃이 에헤요 필 적만 같애서는
천하 나비 어리얼시 다 모을 것 같더니만
급기야에 봄이 가니 에헤요 에헤야
어느 나비 한 마리 못 잡더라

에헤요 못 잡더라.

박넝쿨이 에헤요 벋을 적만 같아서는
온 세상을 어리얼시 뒤덮을 것 같더니
초가삼간 다 못 덮고 에헤요 에헤야
둥굴박! 댕글이 달리더라.

(101) 불타는 거리에서

원쑤의 폭격에
불타는 거리에서
이 글을 쓴다
알뜰한 솜씨의 침구들이
깨뜨러진 기왓장 밑에서 딩구는
무너진 주택에서
벽돌까지도 잿더미 되는 교실에서
침대들이 찌그러진 병실에서 ―
불속에서 검은 연기속에서
이 글을 쓴다
죽은 엄마를 붙잡고 우는
이 나라 어린애의 눈물을 걸쳐
아 검더기 묻은 뺨에서 흐르는
그 방울방울의 눈물을 걸쳐
이 글을 쓴다
손자를 불바다 속에서 잃고
원쑤에게 저주의 주먹 높이 쳐들며
「이놈들! 벼락을 맞으라!」
피타게 부르짖는
파파 늙은 할머니의 터지는 마음을 걸쳐
모든 아버지들과 아들들의
불타는 가슴 속에서
한 없이 솟는 분노와 복쑤를 걸쳐

이 글을 쓴다

위의 (100)은 김소월의 작품으로 '어느, 온' 등의 관형사가 쓰였는데, (101)은 조기천의 작품으로 '이, 그, 모든' 등의 관형사가 쓰였다. '이, 그, 어느' 등은 지시관형사이고, '온, 모든'은 수관형사이다. 두 작품에 쓰인 관형사의 수를 비교하여 보면 조기천의 작품에 관형사가 더 쓰이었음을 알 수 있다.

7. 부사의 사용

부사는 행동이나 상태를 꾸며 주는 역할을 하므로 작품에서 한층 더 미세한 정서적 색채를 더하여 주는 데 효과적이다.
김소월과 조기천 두 시인의 작품에서 부사의 사용 비율은 다음의 【표 7】과 같다.

【표 7】 부사의 사용 비율

	부사 전체 어휘수	비율(%)
김소월	442	8%
조기천	1444	6%

【표 7】을 보면 김소월의 시에 조기천의 시에서보다 부사가 2% 더 많이 쓰였음을 알 수 있다. 이것은 김소월의 시가 조기천의 시보다 용언의 선택 비율이 높은 것과 관계된다. 그 것은 부사는 어디까지나 용언을 수식하여 주는 품사이기 때문이다.
부사의 사용에서 조기천의 시에서는 의미-정서적 색채를 무게 있게 하고 있다.

(102) 백두산

　　……
이 날 밤 대장이 든 천막엔
새벽까지 등불이 가물가물 ……
<u>허더니</u> 아침엔 눈보라 치는데
정치원 철호 먼길 떠났다.
전송하는 대장의 말 ―
『철호 조심하게! 믿네!』
덥썩 틀어쥐는 대장의 손길
　　……　　<제1장 6>

머나먼 옛날
백두산 포수막이
잣솔밭에 숨어 있는 곳 ―
소리개 많다 하여 솔개골,
<u>허나</u> 그렇게 많던 소리개도
그림자까지 찾을 길 없어지고
사발봉 우엔 외가마귀 앉아
두메를 하소연하듯 울고만 있어라!
　　……　　<제3장 1>

밖에선 건방진 순사의 반말 ―
『여보 령감! 자나?』
『…….』
『이 두상 웬 잠을!』
『그게…뉘기요?』
꽃분이 목소리 잠내 난다
<u>허면서</u>도 그는 저고리 벗었다
　　……　　<제3장 7>

(103) 조선은 싸운다

......

<u>허지만</u> 사람들은 살아 있다
불 속에서도 연기 속에서도
인민은 살며 싸운다.
......

(104) 불타는 거리에서

......

<u>허기에</u> 인민 구호대들은
새하야니 파도 같이 밀려든다.
......

이상의 (102)~(104)에서 '하더니'를 '허더니', '하나'를 '허나', '하면서'를 '하면서', '하지만'을 '허지만', '하기에'를 '허기에'로 바꾸어 표현한 것은 표현적 색채를 보다 무게 있게 꾸미려는 시인의 의도와 관련된다.

'ㅏ'는 양성모음이기 때문에 'ㅓ'에 비해 작고 가벼운 느낌을 주며 'ㅓ'는 음성모음이기 때문에 크고 무거운 느낌을 준다.

(105) 백두산

......

<u>웨</u> 그의 모습이
날 갈쑤록 더 그리워질까?
<u>웨</u> 이리도 가슴이 안타까울까?
떠지는 걸음걸이 ......
무엇인지 맘 속에 무겁게 처매운
...... <제5장 5>

『물피리 불며 울며 구을러 갈제
강 건너 천리 길을 이미 떠난 몸
재 넘어 구름 따라 끝없이 간다
· 에헹 에헤요 끝없이 가요』
웨 저 노래 저다지 슬프단 말가
이 땅의 청청 밀림 찍어내거니
그 노래 어니 슬프지 않으랴!
　　…… <제6장 1>

이상의 (105)에서 '왜' 대신 '웨'로 바꾸어 표현한 것은 역시 표현적 색채를 보다 무게 있게 꾸미려는 시인의 의도와 관련되어 있다. 비록 '내'는 양성모음, 'ㅔ'는 음성모음이 아니지만 표현적 색채를 보면 '내'는 가볍고 깜찍한 느낌을 주고 'ㅔ'는 무겁고 어두운 느낌을 준다.

시인은 이러한 부사를 많은 작품에 일관시켰다. 그것은 시인이 크고 무게 있는 색채를 즐겨하는 개성적 특성과 관계된다.

8. 감탄사의 사용

감탄사는 이야기하는 사람이 자기의 감정이나 태도를 직접 나타내는 품사로서 시에서는 주로 시인의 주정 토로나 인물들의 대화에 이용된다. 감탄사는 감정 분출의 계기점(契機點)에 쓰이므로 표현적 효과가 매우 높다. 김소월과 조기천 두 시인이 시 작품에서 감탄사를 사용한 것을 대비하여 보면 다음 【표 8】과 같다.

【표 8】 감탄사의 사용 비율

	감탄사 전체 어휘수	비율(%)
김소월	58	1%
조기천	168	0.7%

【표 8】에서 보는 것처럼 두 시인의 작품에서 감탄사의 사용 비율은 별반 차이가 없다.

감탄사의 사용에서 시인 김소월은 '아아', '오오'를 한 작품에 수차례나 반복하면서 자신의 감정을 토로하고 있다.

감탄사 사용에서 조기천 시의 특징은 등장 인물의 내면 세계를 부각시키는 데 많이 사용한 것이다.

(106) 백두산

o 「에그, 가야지!」　　　　　(결심)
o 「아이고! 철호동무!」　　　(반가움)
o 「아이고 참! 용서하옵소」　(부끄러움)
o 「아, 나도 그래리라」　　　(결심)

이 대사들은 꽃분이의 내면 세계를 다양하게 표현하고 있다. 조기천은 꽃분이를 다정다감한 성격의 소유자로 묘사하기 위하여 거의 모든 대사에 감탄사를 사용하였다.

9. 상징어의 사용

상징어를 일명 의성의태어(擬聲擬態語)라고도 한다. 조선어는 의성의태어가 다른 언어보다 아주 발달된 특징을 가지고 있다.

의성어란 사람이나 동물 또는 자연계의 소리를 그대로 본따서 옮겨 놓은 것이며 의태어란 사람이나 사물의 동작과 상태를 그대로 본따서 옮겨 놓은 말이다. 의성어는 청각적인 표현을 통하여 일련의 연상을 불러일으키면서 사물의 미세한 변화까지 생동하게 나타낼 수 있을 뿐만 아니라 격렬한 변화와 치열한 전투 장면도 실감 있게 나타낼 수 있다. 의태어는 시각적인 표현을 통해 일련의 연상을 불러일으키면서 사람들의 정신 상태와 감정 정서의 변화를 생동하게 나타낼 수 있다.

김소월과 조기천의 시 작품에 쓰인 상징어의 비율은 다음 【표 9】와 같다.

【표 9】 상징어의 사용 비율

	상징어 전체 어휘수		비율(%)	
	의성어	의태어	의성어	의태어
김소월	10	23	30%	70%
조기천	69	151	31%	69%

【표 9】에서 보는 바와 같이 상징어의 사용에서 두 시인의 작품은 별반 차이가 없다.

김소월이나 조기천 모두가 의성어보다 의태어를 더 많이 사용하였다. 그런데 조기천은 시 작품에서 의성어를 사용함으로써 운율의 효과를 적극 높이고 있다.

(107) 백두산

기관총소리 따 - 따 - 따 - 따   불피우는 소리 푸 - 푸
폭탄치는 소리 쾅 - 쿵   잠자는 소리 쿨 - 쿨
총소리 땅 - 땅   웃음소리 하 - 하 - 하

수류탄 튀는 소리 꽝 - 꽝   뻐꾸기소리 뻐꾹 - 뻐꾹
발걸음소리 처억 - 처억   범의 소리 따 - 웅
칼가는 소리 썩 - 썩   눈보라소리 잉 - 잉

이상의 (107)에서 보는 바와 같이 조기천은 그의 대표작『백두산』에서 의성어를 교묘하게 사용함으로써 표현의 생동성(生動性)을 보장하고 운율 조성에 적극 이바지하고 있다.

(108) 백두산

대장도 알기 전에
소잡을 차림 서둘렀다
썩-썩 칼도 갈고
모닥불도 푸 - 푸 피우고

이상의 (108)에서는 '썩 - 썩'과 '푸 - 푸'를 조화롭게 대응시켜 운율을 조성하고 있다.
조기천은 상징어의 선택, 사용에서도 의미-정서적 색채를 무게 있게 하고 있다.

(109) 죽음을 원쑤에게

······
오, 전우들아!
그 봄, 그 노래 ―
독립의 봄 자유의 노래를 위하여
우리들은 싸운다!
이 땅의 그 많은 고개
높고 낮은 고개에서
우리의 형제들은 얼마나 죽었느냐!
이 땅의 그 많은 골짜기

깊고 옅은 골짜기에서
우리의 형제들은 얼마나 피 흘리였느냐!
성스런 보복의 불길이여
홧홧 타오르라!
탄환을 재우자-
쏘라!
총창을 겨누자 —
찌르라!
　　……

이상의 (109)에서 의태어인 '활활'을 '홧홧'으로 바꾸어 표현한 것은 역시 시인의 크고 무게 있는 색채를 즐겨하는 개성적 특성과 관련된다.

10. 격조사의 사용

격조사를 단어로 보는 이가 있는가 하면 접미사로 보는 이가 있다. 이 글에서는 이주행(2001)의 견해에 따라 단어로 간주하여 논하기로 한다. 조사는 주격 조사(가/이, 께서, 란/이란), 대격 조사(을/를), 속격 조사(의), 여격 조사(에, 에게, 한테, 더러, 께), 위격 조사(에서, 에게서, 한테서), 조격 조사(로/으로, 로서/으로서, 로써/으로써), 구격 조사(와/과, 랑/이랑, 하고), 비교격 조사(보다, 처럼, 마냥), 호격 조사(아/야, 여/이여, 시여/이시여), 절대격 조사 등 10개로 나누어 사용 양상을 고찰하기로 한다.

격조사의 사용에서 조기천 시는 김소월 시보다 조사의 반복으로 시 운율을 조성하였다. 물론 김소월 시 『비단안개』에서 주격 조사와 여격 조사의 반복, 『초혼(招魂)』의 호격 조사의 반복으로 운율 조성에

이바지하였으나 그것은 어디까지나 조기천 시보다 양적으로 적은 셈
이다.

(110) 모쓰크바

......

모쓰크바! 모쓰크바!
이 곳은 새 생활의 파동치는 곳,
이곳은 새 세계의 심장의
힘차게 조자 맞게 울려
인류의 미래를 불러 오는곳,
시월의 불길에
컴컴한 세기의 거리들의 밝아지고
레닌의 가르침 받아
쏘베트의 맥박의 영생을 고한 곳,
쓰딸린의 령도로써
태양을 받드는 인민의
찬연한 새 사회를 세우는 곳!

이상의 (110)에서는 주격 조사 '이'를 반복하면서 운율을 조성하는
구실을 하고 있다.

(111) 백두산

○ 산비탈 바위 우에
　청년 하나이 버쩍 올라선다
○ 북천에 샛별 하나이 솟아
　압록의 줄기줄기에
　그 유독한 채광을 베푸노니

주격 조사 '이/가'의 쓰임에서 주격 조사 '가'는 개음절 아래에 오

고 주격 조사 '이'는 페음절 아래에 온다. 그러나 (111)에서는 '하나가'가 대신 '하나이'가 씌었다. 이것은 시인의 개성적 시 풍격이라 할 수 있다.

(112) 백두산

  ㅇ 이 나라 백성이 그렇게 그리던
    나의 참된 아들 ―
    나의 량심이고 나의 의지인
    나의 신념이고 나의 희망인
    나의 빨찌산
    김대장을 맞이했다
  ㅇ 자유의 나라!
    독립의 나라!
    인민의 나라!

이상의 (112)는 속격 조사의 반복이 이루어진 실례이다.

(113) 백두산

    ……

허자 천지는 한가슴을 뒤집어 내치며
하늘을 삼킬듯 격파를 뒤집어 내치며
바위를 치며 절벽을 들부신다!
천심을 울린다 지축을 떨친다!
    ……

(114) 죽음을 원쑤에게

    ……
화려한 광장들을 펼쳐 들고

민족의 높은 삶을 웨치며
기적소리 은은한 굴뚝이며
백구 훨훨 돛대치는 바다를 펼쳐 들고
꽃 뿌리는 봄이며
이삭 패는 금빛 가을을
땅이 겨웁어라 가득 받들고
아름다운 노래며
즐거운 웃음을 넘칠듯 싣고
처녀들의 붉은 뺨이며
어린이들의 반짝이는 눈동자를 가득 안고
이 나라는 일어서리라!
　　　……

이상의 (113)와 (114)는 대격 조사의 반복이 이루어진 실례이다.

(115) 눈길

　　　……

앞에는 조명탄, 뒤에는 기총사격!
원쑤는 미칠듯 날친다만
눈길은 산에도 좋고 들에도 좋고
짐승의 길은 제주도에 뻗쳤거니
　　　……

이상의 (115)는 여격 조사가 반복되어 운율을 조성한 실례이다.

(116) 죽음을 원쑤에게

　　　……

불속에서 재속에서
겨레의 피속에서
투사의 시체를 넘어넘어

얼음 속에서 주림 속에서
이 나라는 일어서리라 ―

(117) 우리는 조선청년이다

......
조국 앞에서 인민 앞에서
력사의 후손들 앞에서
지구의 어느 위도에 사는
어느 사람들 앞에서도
이 나라의 젊은이들은
어리석은 자존도 없이
썩어빠진 자만도 팽개치고
떳떳이 말할 쑤 있으리라-

이상의 (116)과 (117)은 위격 조사가 반복되어 사용된 실례이다.

(118) 나의 고지

......
불멸의 위훈 영웅의 모습을 알려거던
청춘의 웃음 아름다운 사랑을 찾으려거던
생의 환희 죽음의 높은 뜻을 알려거던
새 조선의 꺾을 수 없는 정신을 찾으려거던
여기로 - 「나의 고지」로 오르라!
......

이상의 (118)은 속격 조사와 대격 조사가 융합되어 반복된 실례이다. 이런 예는 조기천의 시 도처에서 찾아볼 수 있다. 이렇게 조기천은 격조사의 사용에서 조사 반복법으로 운율을 조성하고 있다.

【표 10】 김소월의 격조사의 사용 비율

격조사의 갈래 / 작품명	주격 조사	대격 조사	속격 조사	여격 조사	위격 조사	조격 조사	구격 조사	비교 격 조사	호격 조사	절대 격 조사	격조 사수
합계(개)	233	213	235	306	38	65	28	9	60	283	144.1
비율	16.2	14.8	16.3	21.2	2.6	4.5	1.9	0.6	4.2	19.6	101.9

【표 11】 조기천의 격조사의 사용 비율

격조사의 갈래 / 시의 종류 (작품명)	주격 조사	대격 조사	속격 조사	여격 조사	위격 조사	조격 조사	구격 조사	비교 격 조사	호격 조사	절대 격 조사	격조 사수
장편 서사시	481	685	783	611	151	206	58	0	41	772	3788
백두산	188	309	318	324	57	88	28	0	34	328	1674
생의 노래	293	376	465	287	94	118	30	0	7	444	2114
서정시	197	374	393	274	125	90	50	0	26	117	1646
합계(개)	1159	1744	1959	1496	427	502	166	0	108	1661	9,222
비율	12.6	18.9	21.2	16.2	4.6	5.4	1.8	0	1.2	18	99.9

【표 10】과 【표 11】을 통해 알 수 있다시피 절대격 조사의 사용에서 김소월이 조기천보다 1.6% 정도 많이 절대격 조사를 많이 사용한다. 격조사가 완전히 사용된 문장은 부드럽고 순하다. 반대로 절대격 조사가 많이 사용된 문장은 테석테석하고 순통(順通)하지 못하다. 절대격 조사가 많이 사용되면 독자들이 그 뜻을 이해하기가 힘들어진다. 절대격 조사를 더 많이 사용한 김소월을 볼 때 역시 자아적이고 내성적인 성격을 지니고 있음을 알 수 있으며, 조기천은 사회적이고 외향적인 성격의 소유자임을 다소 엿볼 수 있다.

이상에서 시인의 언어적 개성이 어휘 수단에서 어떻게 나타나는가를 계량적 방법을 위주로 분석하였다. 이를 통하여 시인의 개성이 언어 수단을 선택하는 데서 어떻게 나타나는가 하는 것을 일정하게 엿볼 수 있다. 즉 김소월은 시어(詩語)의 선택, 사용에서 가볍고 작은 색채를 띤 어휘를 즐기면서 아름다운 조국의 산천 경개에 대한 사랑, 님에 대한 사랑, 자기의 뜻을 마음대로 펼 수 없는 현실에 대한 혐오감 등의 복잡한 심정을 민요풍에 담아 토로하고 있다. 비록 그의 가슴속에는 시퍼렇게 멍이 들어 풀래야 풀 수 없는 매듭 즉 한(恨)이 서려있지만 시에서 자기의 분(憤)을 폭발적으로 내품는 것이 아니라 그의 시를 읽으면 잔잔한 물결처럼 우리 눈앞에 안겨온다. 그러나 조기천은 체언을 용언보다 훨씬 더 많이 사용하였으며 시어의 사용에서도 크고 무게 있는 색채를 띤 어휘를 더 선호한다. 그는 김소월과 달리 자신의 감정을 마음대로 토로하면서 강한 호소력과 전투력으로 독자들의 전투 정신을 불러일으킨다. 두 시인의 작품을 읽어보면 우리는 전혀 다른 시적 감수를 느낄 수 있다. 김소월은 자신의 울분을 풀 데가 없어 가슴속에 시퍼렇게 멍이 들 정도로 한(恨)이 서려 있지만 조기천은 자신의 격동된 심정을 어디에도 구속이 없이 토로하면서 독자들까지 자신의 격양된 감정에 물 젖게 한다. 물론 두 시인의 처한 사회적 배경으로 말미암아 김소월 시대는 자신의 울분을 마음대로 털어놓을 수 없는 상황이었다고 하지만 그 자체의 성격 특징과 관계된다고 말 할 수 있다. 우리는 두 시인의 작품에 대한 분석을 통하여 김소월은 내성적이고 우울한 성격의 소유자이고, 조기천은 외향적이고 열정적이고 자기적이며 호방한 성격의 소유자임을 알 수 있다.

제 5 장
문장의 사용

시문학에서는 시어(詩語)를 잘 선택하는 것에 못지 않게 시 문장을 잘 짓는 문제가 매우 중요하다.

구슬이 서 말이라도 꿰어야 보배라는 말도 있듯이 제아무리 시적인 어휘를 골라 놓았다 하더라도 그것을 문장으로 잘 엮지 못하면 아무런 의의도 없다. 그것은 문장이 언어 행위의 기본 단위로서 사상 전달의 기본 담당자이기 때문이다.

어휘는 어디까지나 문장을 이루는 구성 요소이므로 그 자체만으로는 전일적(全一的)인 사상을 전달할 수 없다.[18] 그러므로 언어의 통신적 및 표현적 기능은 문장을 떠나서는 실현될 수 없다. 그래서 예로부터 글 잘 짓는 사람을 가리켜 어휘가(語彙家)라고 하지 않고 문장가라고 일러 왔던 것이다.[19] 그러면 시인의 개성이 문장 수단 선택, 사용에서 어떻게 나타나는가를 보기로 하자.

---

18) 김길성, "시인의 개성과 언어수단선택 연구" 제2절
19) 동상

문장의 선택 사용에서도 어휘의 선택 사용에서와 마찬가지로 계량적인 방법으로 작품을 분석하여 시인의 개성을 도출하여 낼 수 있다.

문장 구사에서 조기천 시의 특징은 한마디로 김소월 시보다 문장 형식이 간결한 것이다.

우리가 김소월과 조기천 두 시인의 작품을 대비하여 언뜻 보면 김소월의 시가 조기천의 시보다 더 간결한 감을 준다. 왜냐하면 김소월의 많은 작품은 정형시에 속하기 때문에 시행 조직이 간단하고 엄밀하다. 그러나 그것은 어디까지나 시행 조직이 간단할 뿐 시의 문장 형식이 간결한 것은 결코 아니다. 그러면 간결한 문장 형식이 문장 유형 선택 사용에서 어떻게 나타나는가 살펴보자. 문장 유형 선택 사용에서는 실천적으로 많이 쓰이는 문장들만을 대비적으로 고찰하여 보기로 한다.

조기천 시의 총 문장 수는 2393개이고, 김소월 시의 총 문장 수는 736개라는 것을 알 수 있다. 여기서 말하는 문장은 유형은 단순문(單純文), 확대문(擴大文), 단일문(單一文), 복합문 등을 말하는 것이다. 단순문은 어떠한 확대 성분도 가지지 않고 단순 성분으로만 이루어진 문장인데, 확대문은 확대된 문장 성분이 들어 있는 문장을 뜻한다. 단일문은 진술의 단위가 하나 있는 문장인데, 복합문은 진술의 단위가 둘 또는 둘 이상이 있는 문장을 말한다.

그러면 먼저 조기천과 김소월의 시에서 단순문과 확대문의 사용 빈도를 조사하여 보면 다음 【표 12】와 같다.

【표 12】 단순문과 확대문의 사용 빈도

| | 단 순 문 | | | | | | 확 대 문 | | | | | |
| | 단일문 | | 복합문 | | 계 | | 단일문 | | 복합문 | | 계 | |
	빈도	비율	빈도	비율	빈도	비율	빈도	비율	빈도	비율	빈도	비율
조기천	1269	53	552	23	1821	76	393	17	179	7	572	24
김소월	234	32	258	35	492	67	162	22	82	11	244	33

　【표 12】에서 보는 것처럼 단순문의 사용 비율에서 조기천은 김소월보다 9% 높다. 반대로 확대문의 비율은 조기천이 김소월보다 9%나 낮다. 이를 통해 김소월이 조기천보다 장문으로 사상과 감정을 형상화하였음을 엿볼 수 있다.

　조기천과 김소월의 시에 쓰인 단일문과 복합문의 사용 빈도와 비율을 살펴보면 다음의 【표 13】과 같다.

【표 13】 단일문과 복합문의 사용 빈도

| | 단 일 문 | | | | | | 복 합 문 | | | | | |
| | 단순문 | | 확대문 | | 계 | | 단순문 | | 확대문 | | 계 | |
	빈도	비율	빈도	비율	빈도	비율	빈도	비율	빈도	비율	빈도	비율
조기천	1269	53	393	17	1662	70	552	23	179	7	731	30
김소월	234	32	162	22	396	54	258	35	82	11	340	46

　【표 13】에서 보는 바와 같이 조기천의 시에서 단일문이 쓰인 비율은 70%이고 김소월의 시에서 단일문이 쓰인 비율은 54%이다. 조기천의 시에서 단일문(單一文)이 김소월 시에서보다 16%나 더 쓰였다. 특히 단순단일문(單純單一文)은 전체 문장수의 53%를 차지함으로써 절반 이상이다. 이것은 조기천 시의 문장 형식이 간결함을 보이

는 것이다.

글의 체재가 같은 시이지만 시풍이 다름으로 하여 문장 형식이 완전히 다르다. 단순단일문이 중심이 된 글은 힘이 있고 간결하고 동적이며 호소적이고 현장감과 긴박감을 만들어주는 표현 가치가 있다. 그러나 긴 문장 중심의 글은 우선 사고의 리듬이 완만해지고 문장의 호흡이 느려지기에 독자들에게 깊은 사색의 여운을 준다. 이를 통해 볼 때 조기천의 시에서 단순단일문이 압도적으로 우세를 차지한다는 것은 역시 힘이 있고 호소력이 강한 그의 시적 풍격(風格)을 보아낼 수 있다. 반대로 김소월의 경우는 기복이 심하지 않고 잔잔하고 애상적인 그의 시풍을 짐작할 수 있다.

다음에는 명명문(命名文)에 대해 살펴보기로 하자. 이 문장 유형을 특별히 따로 비교하는 것은 시문학에서 이 유형의 문장이 양적으로 많이 선택될 뿐만 아니라 문장 구조상 간결성으로 특징지어지기 때문이다. 따라서 이러한 문장 유형을 얼마나 선택하였는가 하는 것은 문장 형식을 특징짓는 중요한 요인의 하나가 된다.

조기천과 김소월 두 시인의 시 작품에 쓰인 명명문의 빈도는 다음의 【표 14】와 같다.

【표 14】 명명문의 사용 빈도

	명 명 문	
	빈도	비율
조기천	315	11.4
김소월	46	6

【표 14】에서 보는 것처럼 조기천이 김소월보다 5.4% 높게 명명문(命名文)을 시 창작에서 사용하였음을 엿볼 수 있다. 이것은 조기천 시의 문장형식의 간결성을 특징짓는 또 하나의 조건으로 된다. 그러

나 이것은 어디까지나 상대적인 것이다.

단순문(單純文)이나 단일문(單一文)이라고 해서 무조건 짧고 간결하며 복합문이나 확대문(擴大文)이라고 하여 다 길고 복잡한 것은 아니다. 기본은 시인의 문장 구사 방식에 달려 있다. 복합문이나 확대문도 문장을 잘 짜게 되면 얼마든지 간결한 형식으로 될 수 있다. 그러면 간결한 형식의 문장으로 특징지어지는 조기천 시의 문장 구사 방식을 분석하여 보자.

문장 구사 방식은 단순단일문(單純單一文), 확대단일문(擴大單一文), 단순복합문, 확대복합문, 명명문(命名文) 등으로 나누어 살펴본다.

1. 단일문의 구사

1) 단순단일문의 구사

단순단일문(單純單一文)의 구사에서 조기천 시의 특징은 문장의 주도성분인 주어와 술어, 주어-보어-술어를 기본 구성 부분으로 하여 문장을 구성한 것이다. 이러한 문장 구성 조직은 단순단일문에서뿐만 아니라 다른 문장 유형에도 일관되어 있다.

단순단일문의 구사 방식을 간단히 기호로 표시하면 S-V형과 S-O-V형으로 구분할 수 있다[20]. S-V형은 다시 S가 D를 가진 것(DS-V), V가 D를 가진 것(S-DV), S, V가 각각 D를 가진 것(DS-DV)으로 나눌 수 있다.

S-O-V형은 D를 가지는 측면에서 S-V형과 같다. S-V형의 단순단일문의 구사 방식에 대하여 보기로 하자.

---

20) 여기서 S는 주어이고, O는 보어이고, V는 술어이며, D는 규정어를 뜻한다.

(119) 죽음을 원쑤에게(제5절)

유격대의 산과 강들아
놈들의 앞길을 막으라!
복쑤의 대지야
놈들이 선 땅을 태우라!
<u>야수들은 도망친다</u>
　　S　　　　V
미칠 듯 아우성친다
죽음을 주라!
원쑤에게 죽음을!
죽음을!

(120) 조선은 싸운다(제2절)

허지만 사람들은 살아 있다
불 속에서도 연기 속에서도
인민은 살며 싸운다
<u>조선은 싸운다</u>
　S　　　V
캄캄한 밤길 —
시한탄에 목숨을 틀어잡은 여기서
무슨 그림자이냐 말소리냐 —
「치기영- 어기영 치기영」
<u>복구대는 일한다</u>
　　S　　　V
시한탄을 끌어 내친다

　　(119)와 (120)은 S-V만으로 이루어진 문장이다. 주어는 보조조사를 취하였고 술어는 동사로 되어 있다. 이러한 유형은 주로 행동 묘사에 쓰이며, 속도감을 주고 간결미를 살려준다.

(121) 죽음을 원쑤에게(제5절)

남으로 남으로
이 땅의 영웅들은 나아간다
        S   V
불 속을 뚫으며 포연을 헤치며
전승의 기치 휘날린다
     S   V

   (121)은 S가 규정어(規定語)를 가진 DS-V형의 문장이다. 이러한 문장 유형은 양적으로 적게 나타나지만 역시 문장의 간결성을 보장하는 데서는 매우 효과적이다.
   다음은 S-O-V형의 단순단일문(單純單一文)구사 방식에 대하여 살펴보기로 하자.

(122) 죽음을 원쑤에게

야수들은 우리 땅을 불사른다
 S   O   V
야수들은 우리 인민을 도살한다
 S   O   V
조선이란 나라를 세상에서 없애련다
    O   V
조선 사람이란 민족을 멸살하련다
    O   V

(123) 백두산 (에피로그)

그러면 너 백두야
조선의 산아 말하라!
오늘은 무엇을 보느냐?

<pre>
      S   O   V
  오늘은 누구를 보느냐?
      S   O   V
  세기의 백발을 휘날리며
  백두산은 대답한다 ―
</pre>

　이상의 (122)는 S-DO-V형의 문장이다. 대명사 '우리'를 동일하게 가진 것으로 하여 운율이 조성된다. 한편 O-V형의 문장으로 운율을 조성하고 있다. (123)은 S-O-V형의 문장으로 간결성을 보장하고 있다.

　S-O-V형의 문장에서는 문장 성분의 겹침 현상이 문장의 간결성을 도모한 것도 있다. 다음에 문장 성분별로 나누어 그 보기를 들어 보기로 한다.

① 주어의 겹침

(124) 백두산 (제1장 6)

이날 밤에 눈이 내렸다-

<pre>
하늘도 땅도 바위츠렁도
 S   S   S
홍산골싸움터도
　S
</pre>
눈속에 들었다

② 보어의 겹침

(125) 죽음을 원쑤에게

<pre>
산에도 들에도 신작로에도
 O   O   O
</pre>

함박눈이 무너지듯 내리는 밤.
어둠속에 어둑하니 서 있는
기어코 뉘를 맞이하여
한 많은 사연을 아뢸 듯 고대하는
외로 남은 굴뚝에도
함박눈은 끊임없이 내리네

③ 술어의 겹침

(126) 조선은 싸운다(제3절)

그 사이로 들려오는 발자국 소리는
땅에서라도 불꽃을 일으키듯-
걸음을 재촉하는 <u>행군인가</u>
                     V

<u>복구대인가</u> <u>로력대인가</u>
   V   V

전동기소리 기대소리 마치소리
어둠을 뚫고 새벽에 뻗치여
낮과 밤을 이어대는
싸우는 조선의 밤 모르는 후방 —

　시인이 (124)~(126)과 같은 문장들을 선택하는 데는 강조의 색채
와 함께 운율을 조성하여 서정미를 돋구자는 데 그 목적이 있다.
　또한 조기천 시인은 O+V, D+V, C[21]+V 등의 문장 형식의 문장
으로써 간결성을 보장하는 동시에 운율을 조성하고 있다.

---

21) C는 상황어를 뜻한다.

가. O+V

(127) 죽음을 원쑤에게(제5절)

이 땅의 그 많은 골짜기,
깊고 옅은 골짜기에서
우리의 형제들은 얼마나 피 흘리였느냐!
성스런 보복의 불길이여
홧홧 타오르라!

탄환을 재우자
  O   V
쏘라
 V
총창을 겨누자
  O   V
찌르라
 V

나. D+O

(128) 불타는 거리에서(제3절)

새하야니 파도 밀려든다
불타는 거리로
  D   O
무너진 거리로 —
  D   O
어느새 구호대들이 일어선 것이다
삽을 든 녀인들 -
청년 복구대 녀맹 구호대들이
생명을 구하려

인민의 재산을 살리려
일어선 것이다

  그러나 김소월의 시에서는 단순히 S+V형으로 된 문장이 극히 적다. 단순단일문(單純單一文)이 집중적으로 씌어진 시『못 잊어』를 보기로 하자.

  (129) 못 잊어

못 잊어 생각이 나겠지요
         S   V
그런대로 한세상 지내시구려
          O   V
사노라면 잊힐 날 있으리다
          S   V

못 잊어 생각이 나겠지요
그런대로 세월말 가라시구려.
못 잊어도 더러는 잊히오리다.

『그러나 또한긋 이렇지요.
그리워 살뜰히 못 잊는데,
어쩌면 생각이 떠지나요?』

  이 밖에 김소월 시 중에서 제일 간단한 시『만리성(萬里城)』을 보기로 하자.

  (130) 만리성

밤마다 밤마다
  O   O

<u>온</u> <u>하루밤</u>
 D   C
<u>쌓았다</u> <u>헐었다</u>
  V   V
<u>긴</u> <u>萬里城</u>
 D   O

이상의 (130)을 볼 때 전편의 시 글자수가 20자밖에 되지 않지만 여러 개의 문장성분이 뒤섞여 쓰이고 있다. 김소월 시의 S-O-V형의 문장을 보더라도 위의 경우와 비슷하다.

2. 확대단일문의 구사

확대단일문(擴大單一文)의 구사에서 조기천 시의 특징은 S-V, S-O-V형을 살리면서 기본적으로 규정어(規定語)를 확대한 것이다.

S-V형으로 이루어진 확대단일문은 규정어가 확대된 문장, V가 확대된 문장으로 나누어진다.

(131) 조선은 싸운다(제6절)

<u>우리의</u> 머리에 떨어지는 폭탄은
당신들의 머리를 겨누거니
사람의 눈을 찌르며 손톱을 뽑으며
미칠 듯 웃어대는 야수들은
사람의 가슴에 창끝으로
<u>원자탄을</u> 그리는 야수들은
당신들에게 달려가려 날뛰거니

이상의(131)은 규정어(規定語)가 확대된 문장이다. 술어 앞에 주어를 놓고 규정어를 확대시켰기 때문에 이해의 통속성과 문장의 간결성을 보장한다.

(132) 두만강

찌푸린 낯 투렁이 옷
재산이란 가슴 속 옹키운 노예의 서름
의탁이란 장알진 손지팽이뿐
놈들에게 빼앗기고 짓쫓기는 그 신세
두만강이여, 이것이
그대 그려둔 조선의 사나이 아닌가?

깨진 가난 속에 부대껴도
말 한마디 틀리랴 겁내며
눈물에 치마 고름 썩어도
앞날을 바라고 한숨을 죽이는 -
두만강이여, 이것이
그대 그려둔 조선의 의병이 아닌가?

뼈 에이는 얼음장 찬 물결
추격의 총소리 귀뿌리 막치는데
새벽 비낀 저 언덕 바라고
운명을 물결에 맡기는 -
두만강이여, 이것이
그대 그려둔 조선의 지사가 아닌가?

모래 우에 뚜렷한 피 홀린 발자국
마지막 탄환도 원쑤에게 보내고
죽어서도 죽어서도 놈들 손에 안들려
한 많은 이 물결에 몸 던지는 -

두만강이여, 이것이
<u>그대 그려둔 조선의 의병이 아닌가?</u>

이상의 (132)는 V가 확대된 문장이다. 동일한 규정어를 같은 위치에서 확대하였기 때문에 운율이 조성된다. 보다시피 우의 밑줄 친 부분은 운율을 조성하는 수법이 융합되어 있다고 할 수 있다. 밑줄 친 부분의 글자 수를 맞추기 위하여 첫 연의 '사나이'에 조사를 일부러 빼버렸다. 이 밖에 반복법과 반문법(反問法)으로 운율을 조성하고 있다.

(133) 불타는 거리에서(제1절)

<u>원쑤의 폭격에</u>
<u>불타</u>는 거리에서
이 글을 쓴다.
<u>알뜰한 솜씨의 침구들이</u>
<u>깨뜨려진 기왓장 밑에서 딩구는</u>
무너진 주택에서
<u>벽돌까지도 잿더미되는</u> 교실에서
<u>침대들이 찌글어진</u> 병실에서
불속에서 검은 연기속에서
이 글을 쓴다.

이상의 (133)은 보어를 규정하여 주는 확대규정어(擴大規定語)가 쓰인 확대문장이다. 이 예문에서 확대된 규정어(規定語)가 겹쳐 쓰이면서 시의 운율을 조성하고 있다.

(134) 백두산(에피로그)

내 천만년 깎아 세운 절벽의 의지로
내 세세로 모은 힘 가다듬어
온갖 불의를 족쳐 부시고
내 나라를,
민주의 나라를 세우리라!
<u>내 뿌리와 같이 깊으게</u>
<u>내 바위와 같이 튼튼케</u>
<u>내 절정과 같이 높으게</u>
<u>내 천지와 같이 빛나게</u>
세우리라 ―

이상의 (134)는 상황어가 확대된 문장이다. 상황어를 같은 위치에서 확대하여 사용하면서 운율을 조성하고 있다. 이 경우도 운율을 조성하는 수법들이 융합되어 씌어진 실례이다. 예문에서는 글자 수를 맞추기 위해 '깊게'를 '깊으게'로, '높게'를 '높으게'로, '튼튼하게'를 '튼튼케'를 가음법(加音法)과 약음법(略音法)으로 이용함으로써 운율을 조성하고 있다. 이 밖에도 운율 조성의 보조적 수단으로 반복법을 이용하였다.

김소월의 시에는 확대된 단일문(單一文)이 많이 씌었지만 조기천의 시에서처럼 문장 성분이 규칙적으로 같은 위치에서 확대되지 않고 불규칙적으로 확대되었기 때문에 문장 형식이 복잡한 느낌을 준다. 조기천의 시는 한 연이 심지어 수십 행의 시행으로 구성되었다고 할지라도 문장 성분이 규칙적으로 확대되었기 때문에 문장을 쉽게 이해할 수 있다. 반면에 김소월 시는 행과 연 조직이 간단하나 문장 성분이 불규칙적으로 확대되었기 때문에 문장을 이해하는 데 불편한 느낌을 준다.

(135) 옛이야기(제4연)

그러나 그 한때에 외어 두었던
　　　　　확대규정어
옛이야기뿐만은 남았습니다
　　　S　　　　　V
나날이 짙어가는 옛이야기는
확대규정어　　　　　S
부질없이 제 몸을 울려 줍니다
　C　　D　　O　　V

이상의 (135)는 두 개의 확대된 단일문(單一文)으로 이루어져 있다. 우리가 볼 때 시의 행과 연 조직이 간단하나 문장 성분이 불규칙적으로 확대되었다.

이 밖에 김소월 시에서 확대단일문(擴大單一文)으로 구성된 예는 『초혼(招魂)』을 들 수 있다.

(136) 초혼

산산히 부서진 이름이여!
허공중에 헤어진 이름이여!
불러도 주인 없는 이름이여!
부르다가 내가 죽을 이름이여!

심중에 남아 있는 말 한마디는
끝끝내 마저하지 못하였구나.
사랑하던 그 사람이여!
사랑하던 그 사람이여!

붉은 해는 서산 마루에 걸리었다.
사슴이의 무리도 슬피 운다.

떨어져나가 앉은 산 위에서
나는 그대의 이름을 부르노라.

설움에 겹도록 부르노라.
설움에 겹도록 부르노라.
부르는 소리는 비껴가지만
하늘과 땅 사이가 너무 넓구나.

선 채로 이 자리에 돌이 되어도
부르다가 내가 죽을 이름이여!
사랑하던 그 사람이여!
사랑하던 그 사람이여!

이상의 (136)에서는 술어를 규정하여 주는 규정어(規定語)가 확대된 실례이다. 시 첫 연을 보면 확대규정어(擴大規定語)가 같은 위치에서 확대되었기 때문에 운율이 조성된다. 이 밖에 같은 문장 성분들이 같은 위치에서 쓰이면서 운율을 조성하고 있다. 그러나 이러한 실례 는 김소월 시 전반에서도 극히 드문 예에 속한다고 말할 수 있다.

3. 단순복합문의 구사

조기천의 시에서 단순복합문의 기본 유형은 S-V형으로 이루어진 복합문이다.

(118) 죽음을 원쑤에게

산기슭 애기바위는 간 봄에
진달래로 그리도 붉었고

진달래 시절에 만난 마을 처녀들
다시 돌아오는 그 시절에
우리 집에서 맞는다 했더니
그러나 이젠 마을도 간데 없고

어머님도 내가에서 총살되고
   S   V
애기바위 진달래도 타버리고
    S   V
그 처녀도 놈들에게 끌려가고 ……
   S   V

이상의 (118)은 기본적으로 S-V형의 문장으로 이루어지면서 문장의 간결성을 보장하였다.

김소월의 시에도 S-V형으로 이루어진 복합문이 있다. 대표적 실례로는 『고만두풀 노래를 가져 月灘에게 드립니다』를 들 수 있다. 그러나 단순복합문이라고 할지라도 한 시편의 문장 구성 형식이 다양하여 복잡한 느낌을 준다.

4. 확대복합문의 구사

확대복합문의 구사에서 조기천 시의 특징은 기본적으로 주어를 규정하여주는 확대규정어(擴大規定語)를 가진 복합문을 많이 구성한 것이다.

(119) 백두산(제6장 4절)

확대규정어(擴大規定語)	주어	보어	술어
고로에 먼지 찬	하루나절		지났다고
	시민들도	잠자리에	들고
서로 다투어 서로 속이던	가가들도	문	걸어닫고
늦도록 료리집에서 야지러지던 매춘부의	웃음도		끊어지고
소경의 곯아빠진 눈자위 같이 그	창문도		어둑해지고
거리를 휩쓸며 『구사쯔요 이또꼬』부르던	놈도	이층집 문을	차고
			『요보야로』
		욕하다	
			들어가버리고

이상의 (119)는 『백두산』에서 가장 긴 확대복합문이다. 그런데 이것은 매우 간결하게 엮어져 있기 때문에 이해하기 쉽다. 이런 예는 그의 다른 작품에서도 찾아볼 수 있다.

(120) 불타는 거리에서

확대규정어(擴大規定語)	보어	술어
죽은 엄마를 붙잡고 우는		
이 나라 어린애의	눈물을	걸쳐
이	글을	쓴다
손자를 불바다 속에서 잃고		
원쑤에게 저주의 주먹 높이 쳐들며		
『이놈들! 벼락을 맞으라!』		
피타게 부르짖는		
파파 늙은 할머니의 터지는	마음을	걸쳐
모든 아버지들고 아들들의		
불타는 가슴 속에서		
한 없이 솟는	분노와 복수를	걸쳐
이	글을	쓴다

이상의 (120)은 언뜻 보기에는 문장이 길고 구조가 복잡한 것 같지만 문장의 기본 구조는 D-O-V형이다. (112), (113)에서 보는 것처럼 아무리 길게 전개된 확대복합문도 이미 반복된 S-V, S-O-V형의 문장에 맞추어 기본 상 주어를 규정해주는 확대규정어(擴大規定語)를 가진 문장 구조가 규칙적으로 되어 있어 운율적인 문장으로 되었으며 문장이 복잡하게 얽히지 않았기 때문에 구조적 측면에서도 매우 단순하게 조직되었다.

확대복합문의 구사에서 김소월 시는 확대단일문(擴大單一文)의 경우와 비슷하다. 시의 연과 행 조직은 간단하나 문장 성분이 조기천 시에서처럼 기본적인 틀에 맞춰 사용된 것이 아니라 문장 성분이 불규칙적으로 확대되었기 때문에 복잡한 느낌을 준다.

5. 명명문의 구사

명명문(命名文)은 대상이나 현상, 상태 등을 명명하면서 그것이 현실적으로 존재한다는 것을 확인만 하는 문장이다. 명명문은 구조가 간결하고 표현성이 높은 것으로 하여 시문학에서 널리 쓰인다.

명명문의 구사에 대한 고찰은 그의 구조적 측면에서 진행할 수 있다. 구조적 측면에서는 시인이 명명문을 어떻게 구성하였는가가 연구된다.

명명문의 구조는 단순 구조와 확대 구조로 나누어진다. 단순 구조로 이루어진 명명문으로는 하나의 단어로 된 명명문과 단순규정어(單純規定語)를 가진 명명문이 있다. 확대 구조로 이루어진 명명문으로는 확대규정어(擴大規定語)를 가진 명명문이 있다.

1) 단순 구조의 명명문

다음의 (121)과 같은 명명문(命名文)들은 높은 표현적 효과를 나타내면서 문장의 간결성을 보장한다.

(121) 두만강

어디선가 노래 소리 들려라
<u>김장군 노래 소리</u>
이 땅의 눈물과 고통의 강
<u>두만강!</u>

다음의 (122)~(125)는 단순규정어(單純規定語)를 가진 명명문(命名文)들이다. 단순명명문(單純命名文)이 씌어진 예는 조기천 시의 도처에서 찾아볼 수 있다.

　　　(122) 두만강

　　ㅇ 원한의 강.
　　ㅇ 피의 강.

　　　(123) 죽음을 원쑤에게

　　ㅇ 그 봄.
　　ㅇ 그 노래.

　　　(124) 조선은 싸운다

　　ㅇ 캄캄한 밤길.

　　　(125) 백두산

　　ㅇ 번개치는 생각
　　ㅇ 고통의 밤길 -
　　ㅇ 이 밤길
　　ㅇ 싸움의 길 -

2) 확대 구조의 명명문

　확대 구조의 명명문(命名文)은 명사 속격 규정형 확대 구조, 동사 규정형, 형용사 규정형, 대명사 규정형 확대 구조로 나누어진다.

　　　(126) 두만강

　　ㅇ 재산이란 <u>가슴 속 옹키운 노예의</u> 서름.
　　ㅇ <u>의 땅의 눈물과 고통의</u> 강

(127) 백두산

ㅇ 그래도 캐야만 될 꽃분이의 신세
ㅇ 세월은 흘러도 더 피여 오르는 불멸의 불덩이!
ㅇ 신념과 압력에 찬 꽃분의 말 -
ㅇ 밖에선 건방진 순사의 반말
ㅇ 어느 때나 그리운 고향의 옛집
ㅇ 야반의 노도 속 빤짝이는 구원의 등대

이상의 (126)과 (127)은 명사 속격 규정형 확대 구조를 가진 명명문이다.

(128) 불타는 거리에서

ㅇ 방금 찌를 듯 날고 있는 눈섭!
ㅇ 끝없는 분노 타오르는 이마!
ㅇ 『불발탄』이라 써붙인 골목.

(129) 백두산

ㅇ 호협한 정열에 끓는 눈 -
ㅇ 세상에서 떨어져 나간 솔개골 -
ㅇ 기미년 토벌에 도라가셨다는 어머니 -
ㅇ 빤해진 창문에 비친 그림자 -

이상의 (128)과 (129)는 동사 규정형 확대 구조를 가진 명명문이다.

(130) 불타는 거리에서

ㅇ 헤아릴수 없는 분노와 적개심.

(131) 백두산

ㅇ 정직하고도 인자스런 모습
ㅇ 때로는 아버지의 구슬픈 이야기 -
ㅇ 폭풍우 전 짧은 순간 ……

(130)과 (131)는 형용사 규정형 확대 구조를 가진 명명문이다.

(132) 백두산

ㅇ 적도의 태양같이 열렬한 충직한 전우의 그 악수 ……
ㅇ 마음들이 엉성키는 그 악수
ㅇ 한마디 신음도 안낸 그 마을 아낙네 -
ㅇ 목놓아 흐느껴 울던 그 소리 ……
ㅇ 자나깨나 그리던 이 길

이상의 (132)는 대명사 규정형 확대 구조를 가진 명명문(命名文)이다.
이러한 구조를 가진 명명문들은 짧고 간결한 문장 형식으로 대상, 현상의 가장 본질적인 측면을 표현한다.
조기천 시에서 확대 구조를 가진 명명문의 특성은 확대 성분의 길이가 일반적으로 짧은 것이다. 이것은 명명문의 구조적 특성인 간결성을 최대로 나타낼 수 있게 하려는 데서 출발한 것이다.
김소월의 시에서 명명문이 쓰인 양상을 살펴보면 단순 구조의 명명문보다도 확대 구조의 명명문이 더 많이 쓰였음을 알 수 있다.

(133) 여자의 냄새

ㅇ 푸른 구름의 옷 입은 달의 냄새.
ㅇ 붉은 구름의 옷 입은 해의 냄새.
ㅇ 다시는 葬事 지나간 숲속엣 냄새.

ㅇ 幽靈실은 널뛰는 뱃간엣 냄새.
ㅇ 늦은 봄의 하늘을 떠도는 냄새.

이상의 (133)은 모두가 확대 구조를 가진 명명문으로 구성되어 있다. 김소월의 시에서 『여자의 냄새』가 명명문이 제일 많이 씌었다. 그것들은 모두 확대명명문(擴大命名文)이다.

이상에서 우리는 두 시인의 시 작품에 반영된 문장 형식을 유형별로 나누어 고찰하였다. 보다시피 조기천 시의 문장 형식이 김소월의 시에서보다 간결한 데는 바로 이러한 요인들의 작용에서 온 결과였다고 볼 수 있다. 여기에서 우리는 두 시인의 작시풍격상(作詩風格上) 서로 다른 점을 발견할 수 있다. 조기천은 시 창작을 함에 있어서 내용과 형식의 유기적인 결합을 많이 고려하였던 것이다. 그는 내용은 물론 형식에서도 독자들을 염두에 두고 알아보기 쉽고 이해하기 쉬운 짧은 문장을 많이 이용하였다. 그러나 김소월의 경우 내용에만 치중점을 두고 시의 문장형식에는 큰 심혈을 기울이지 않았던 것이다. 우리는 문장 유형에 대한 고찰을 통해 단순단일문(單純單一文)을 애용하는 조기천은 외향적이고 급진적이며 사회적인 성격의 소유자인 반면에 복합문을 많이 사용한 김소월은 내성적이고 자기적이며 모순된 복합성적인 성격의 소유자임을 엿볼 수 있다.

제 **6** 장

문체론적 수법의 선택과 이용

시인의 개성은 표현 수단에서만이 아니라 표현 수법의 이용에서도 뚜렷이 나타난다. 표현 수법은 이미 있는 언어 수단들에 기초하여 얼마든지 새롭게 만들어 이용할 수 있다. 그러므로 시인이 표현 수법에 정통하고 있으면 그것을 다양하게 이용하여 표현적 효과를 높일 수 있으며 자기의 개성적 특성을 나타낼 수 있다.

1. 수사법의 사용

수사법에서는 비유법, 과장법, 의인법, 상징법 등의 이용이 뚜렷이 구별된다.

다음 【표 15】에서 보는 바와 같이 비유법 중에서 직유, 은유, 차유(借喩) 어느 것이나 조기천의 시에서 수적으로 이용률이 김소월의 시에서보다 훨씬 높음을 알 수 있다.

【표 15】 직유 · 은유 · 차유의 사용 빈도

	직유	은유	차유
조기천	127	84	76
김소월	38	27	5

조기천은 직유, 은유, 차유 등을 다양하게 많이 사용하는 시인이라면 김소월은 비유법 가운데서 직유와 은유를 차유보다 더 활발하게 사용하고 있다. 김소월은 수사법 가운데서 생동하고 형상적인 어휘론적 수법을 많이 쓰지 않고 그 대신 문장론적 수법에서 반복법, 대조법, 대구법, 전도법(顚倒法) 등 운율 조성에 필요한 수법들을 보다 활발하게 써서 간결하고 소박한 언어로 음악성을 풍부하게 하였다.

조기천은 김소월보다 비유법을 활발하게 사용하여 시구(詩句)를 화려하고 생동하게 만든 편이다. 조기천의 시에서는 비유되는 사물이 인간 또는 인체의 활동, 성질, 상태, 느낌과 관련되어 쓰인 것이 많고 김소월에서는 사물의 모양, 상태에 대한 비유가 비유되는 사물로 표시되는 경우가 상대적으로 많은 편이다. 조기천의 시에서 비유되는 사물과 비유하는 사물에서 전형적인 것들을 몇 가지씩 예를 들어 보기로 한다. 우선 직유가 쓰인 예는 다음의 (134)와 같다.

(134)

눈	○	거울 같은 물속에서 이글이글한 두 눈
마음	○	마음이 가없는 초원같이 넓어지다
마음	○	이 나라의 강물인양 맑은 마음
눈물	○	별같이 눈물이 반짝이다
머리	○	머리가 가을 서리내리듯 희다

시선	○	낯을 베여낼 듯 스치는 날카로운 시선
마음	○	마음은 단거리선수들이 출발선에 나선 모양
이마	○	어린 소녀의 얼음 같은 이마
벌거숭이(몸체)	○	북어인양 벌거숭이인 애들

조기천의 시에서 신체어가 비유되는 사물에 쓰인 경우가 김소월의 시에서보다 많다. 신체어가 비유하는 사물에 쓰인 것의 보기를 들어 보면 다음의 (135)와 같다.

(135)

주먹	고지는 다시 틀어쥔 주먹같이 솟았다
핏줄	핏줄 모양 뻗은 산맥

김소월의 시에는 비유되는 사물로 신체어가 쓰인 것이 그다지 많지 않다.

조기천의 시에서는 비유되는 사물로 이루어진 신체어로 '눈, 마음, 눈물, 머리, 시선, 이마, 벌거숭이(몸체)' 등이 쓰이고 비유하는 사물로 이루어진 신체어로 '주먹, 피줄' 등이 쓰였으나 김소월의 시에서는 다음의 (136)에서 보는 바와 같이 비유되는 사물로 이루어진 신체어로 '맘, 얼굴, 눈물, 눈동자' 등이 쓰였다.

(136)

- ○ 떠돌아라, 비난수하는 맘이여, 갈매기같이
- ○ 상냥한 태양이 씻은 듯한 얼굴
- ○ 진주 같은 눈물
- ○ 해달같이 밝은 맘
- ○ 달은 쇠끝 같은 지조가 튀여날 듯 타는 듯한 눈동자만이 유난히 빛나다

조기천의 시에서는 인간의 행동 묘사가 비유되는 사물로 이루어진 경우를 많이 찾아볼 수 있다. 그 보기를 들어 보면 다음의 (137)과 같다.

(137)

○ 모닥불도 불꽃채로 품속에 껴안을듯(빨찌산부대)
○ 밤 바다같이 웅실거리는 군중
○ 삼대같이 총을 들다
○ 하이얀 바다같이 애국의 백열화로 뒤끓다
○ 왜놈들은 개눈깔사탕 혀바닥에 굴리듯 지껄이다
○ 몽둥이 앞에서 할바없이 으르대는 개모양(영수 원수와의 만남에서)
○ 잘라내깔린 나무토막처럼 꺼꾸러지다
○ 귀에 못처럼 박히는 낮은 목소리
○ 안해의 음성은 진달래시절마냥 훈훈하다
○ 밤손이 울타리에 부딪친 모양 그만 우뚝 멈춘 덕보
○ 대장의 호령소리 철판으로 밀림을 들부시듯
○ 추상같은 호령
○ 휘파람소리날 듯 펄 날아간다
○ 날새같이 사쁜 나래치다
○ 맑은 물줄기마냥 웃음이 흐르다
○ 들려오는 발자욱소리는 땅에서라도 불꽃을 일으키듯 —
○ 양키의 검은 그림자들이 거마리같이 산비탈에 달라붙는데도
  고지는 기절하듯 침묵을 지킨다
○ 처녀의 노래소리 그 여음을 실낱같이 남긴다
○ 내 이곳에 오르기만 하면 초소에 나선 듯
○ 고양이같이 모퉁이 지키다
○ 가슴을 으스러뜨리는 발자국소리 심장이 골풀이치다 기절한 듯 —
○ 밖에서 가벼운 발자춰소리 — 온몸에 바늘이 돋는 듯

기타 인간의 사상 감정, 심리 상태, 생활 세태 등과 관련된 것이

비유되는 사물로 쓰인 경우도 적지 않다. 그 보기를 들어 보면 다음의 (138)과 같다.

(138)

○ 모지라빠진 뒤웅박 같은 두메의 삶이 누덕밑에서 어지러운 꿈자리펴다
○ 붉게 타는 사랑속에 얼음같은 증오를 품다
○ 괴로운 잠꼬대인양 가느다란 신음 …
○ 어린애의 웃음같이도 깨끗하고 어머니의 사랑같이 꾸준하고
○ 의의 선혈같이 열렬한 충직한 전우의 그 악수! …
○ 양지쪽 잔디언덕마냥 파 ─란 꿈속에 포근하고
○ 진달래아지에 봄맺히는 이때
○ 온갖 불의를 족쳐부시고
　　내 나라를,
　　민주의 나라를 세우리라!
　　내 뿌리와 같이 깊으게
　　내 바위와 같이 튼튼케
　　내 절정과 같이 높으게
　　내 천지와 같이 빛나게
○ 멀끔한 상판이다
○ 뻔뻔스런 웃음이다
○ 길가에 돌멩이처럼
○ 게다가 안경이 번들거린다
○ 오로지 무거운 침묵만
　　꽈악 뚜껑인 듯 내려누르고 ─

조기천의 시에는 인간의 유사한 표식을 잡아다가 비유하는 사물을 묘사한 경우도 적지 않다.

(139)

○ 밤새도록 어둠과 싸우던 우등불도 휴전인양 수그러졌다
○ 태양도 검은 연기속에서 피같이 타고있는 조선!
○ 흰밥이 처녀의 이발같이 빛나다
○ 고개길은 긴 한숨같이 살아지건만 어머니는 눈물없이 섰나이다
○ 전기로는 꺼꾸러지리라
  가슴에 중상받은 전사모양
  카바이트의 붉은 피를 뿌리며
○ 소경의 골아빠진 눈자위같이
  그 창문도 어둑해지고
○ 새하야니 이 나라 백성같이 일어나서 와―아 달려오는 동해바다여!
○ 밤새도록 어둠과 싸우던 우등불도 휴전인양 수그러졌다

김소월의 시에서는 다른 시들에서 흔히 보이는 행동 묘사 또는 인간의 심리 상태, 사상 감정 등과 비유되는 사물로 이루어진 경우가 드물게 보인다.

(140)

○ 눈물이 새암 솟듯
○ 인정은 불붙는 것처럼
  하룻밤 맺은 꿈
○ 내 신세 가엾이도
  물과 같아라
○ 자나깨나 앉으나 서나
  그림자 같은 벗 하나이

김소월의 시에서는 비유하는 사물이 인간 또는 인간 생활의 표식으로 이루어지고 비유되는 사물이 인간 외 다른 사물로 이루어진 경우가 조기천의 시에서보다 훨씬 드물게 보일 뿐이다.

(141)

○ 한집안 같은 저기 저 달님
○ 죽은 듯이 고요한 골짜기
○ 죽은 듯이 어두운 깊은 골짜기

그러나 김소월은 조기천보다 인간 외 다른 사물을 서로 비겨서 환경 묘사에 직유법을 더 많이 사용하고 있다.

(142) 김소월

○ 세월은 물과 같이 흐른 두 달은
○ 세월은 물과 같이 흘러가지만
○ 한줄기 쏜살같이 벋은 이 길
○ 푸른 달빛 기름 같은 연기에 멱감을러라
○ 불길과 같이 스러질 자리
○ 무연한 바위에 들어다 놓은 듯한 이 집
○ 마을이 꿈하늘같이 떠오르다
○ 배는 … 마치 가랑잎같이 떠나갑니다

(143) 조기천

○ 그믐밤같이 캄캄도 하였다
○ 우등불이 밤을 태운다 —
  무쇠같이 장벽을 내려누르는
  캄캄한 밀림의 밤을
○ 구름인양 흰 물결
○ 안개 내린다 —
  흰양의 떼인양 꿈틀거리며
○ 추위는 박달같이 땅을 얼궈도 —

은유도 조기천은 김소월보다 훨씬 폭이 넓고 다양하게 사용하였다. 김소월의 시에서는 은유가 대부분 눈물, 애끓는 가슴, 슬픈 마음, 사랑과 사랑의 비애와 같은 심리적 특성과 관련되어 쓰이었다.

(144)

○ 눈물은 새우잠의 팔꿈베개요
○ 定州城 하룻밤의 지는 달빛에 애 끊친 그 가슴이 숫기된 줄을
○ 슬퍼도 하였지만 맘이 물이라
○ 몹쓸 꿈만 빛검은 물이 되어 흐르지요
○ 노던 벌에 오는 비는 숙낭자의 눈물이다
○ 시새움에 몸이 죽은 우리 누나는 죽어서 접동새가 되었습니다
○ 자네는 朝鮮山川을 집삼아 떠도는 바람이므로 바람아 물어보아
　라 … 朝鮮의 넋에다가 그대말로
○ 어버이 없는 우리 노래는 가장 슬프다
○ 사람·물에 물 탄 것. 그것이 삶. 설음. 이는 맹물에 돌을 삶은 셈.
　보아라, 갈바람에 나뭇잎하나!
○ 널은 사랑의 버릇이라오
○ 하늘과 땅이 붙으니 붙는 불이 사랑이라
○ 深深山川에 붙는 불은
　가신 님 무덤가에 금잔디
○ (긴 한숨을 동무하는 나의 담배)
　났다가 새 없이 몸이 가신
　아씨님 무덤 위에 풀이라고

여기에서 마지막 두 부분의 예는 '붙는 불'을 '무덤가에 금잔디'에 비기고 '담배'를 '무덤 위의 풀'에 비겨서 언뜻 보기에는 두 사물 사이의 비유로 되어있는 것 같지만 실제로 '무덤'은 돌아가신 몸과 관련되어 비애의 심리적 특성과 관련된다.

(145) 개여울의 노래

그대가 바람으로 생겨났으면!
달 돋는 개여울의 빈 들속에서
내 옷의 앞자락을 불기나 하지.

우리가 굼벵이로 생겨났으면!
비 오는 저녁 캄캄한 영기슭의
미욱한 꿈이나 꾸어를 보지.

만일에 그대가 바다난 끝의
벼랑에 돌로나 생겨났더면
둘이 안고 굴며 떨어나지지.

만일에 나의 몸이 불귀신이면
그대의 가슴속을 밤도와 태워
둘이 함께 재 되어 스러지지.

(145)에서는 전체 시가 은유로 씌어지어 떨어질 수 없는 영원한 사랑의 심리를 노래하고 있다.

(135) 작은 방 속을 나 혼자

찬 안개는 덮어 나리는 흰 서리로
처젖은 잎은 아득이는 이 저녁
아, 依支없는 靈은 떨며 울어라
늙음을 재촉하는 서러운 나이여.

(135)에서도 외롭고 쓸쓸한 서러운 심정이 은유로 씌어졌다.
이상에서 보다시피 김소월 시에서 은유의 구조는 「A는 B이다」형이 주되면서 그 변이형태로 「B이라, B인셈, B라오, B이면, B이어」 등이 나타난다. 그 다음 「A는 B로 되다」형이고 「A(는)B」, 「A는 B로 생겨나다」, 「A는 B로」 등의 구조이다.

조기천의 시에서는 김소월의 시에서처럼 사랑, 비애, 슬픈 마음과 관련된 내용으로 은유가 이루어진 것이 거의 없다.

조기천의 시에서 직유에 쓰인 것처럼 신체의 어느 한 부분을 비유로 나타내거나 김소월의 시에서처럼 애정적인 심리 묘사에 은유를 사용한 경우는 찾아보기 어렵다.

(136) 백두산

빨찌산 우등불 —
그것은 집이였고 밥이였다
그것은 달콤한 잠자리였고
그것은 래일의 투쟁 —
　　……

(137) 생의 노래 (제6장 7)

　　……
수리공사의 놀라운 속도를 보려니
놀라운 속도 —
그것은 축로공들의
뛰고있는 심장들이다
날고있는 손길들이다
그것은 영수의 불타는 시선,
덕보의 후끈하니 높이 일어선 마음.

(138) 생의 노래 (제7장 3)

　　……
스위치 내려지는 순간

현장에 우뢰 떨어진다
천동인가 지동인가
사람의 심장까지 떨치며 —
이것은 전기로의 첫 고동.
그 담 랭각 파이프들이
물을 콸콸 토한다.
      ……

(139) 생의 노래 (제8장 1)

능산 솔밭에
황혼이 찾아들 무렵,
뻐꾹새의 울음도
저물어진 봄을 찾아 떠남인가
산골짜기로 사라지고
능령천에서도 안개 흐르더니
산 넘어 벌을 지나 옴인가
첫 여름밤은 로동자 주택구에
부드러운 길을 드리우고
하늘에도 성좌,
공장지구에도 성좌 —
은하수는 운전별로 흐르는가
어느새 고압선엔
초생달이 걸렸는가!(전등에 대한 비유)
      ……

(140) 생의 노래 (제10장 2)

      ……
어찌 우리의 노래
총창이 안 되랴!
총창,

그 야수들을 일일이 소탕시킬
서릿발의 총창!
시인들이여!
대렬을 정돈하라!
시가의 총창도 높이
돌격에 나서라!

(141) 두만강

두만강이여, 그대는
조선의 생명하 되었어라!
　　……

(142) 생의 노래 (제11장 2)

구름을 잡아선고
안개를 품어선고
운전벌이 펼치였는데
푸른 하늘을 받드는
흰 빛 굴뚝들 ―
한번 쳐다만 보아도
가슴이 버는 듯
그 밑으로 줄쳐 쌓인
운포의 석회석은
구름으로 울타리 세웠는가
자연의 위대한 비밀이며
이 땅의 무한한 자원을
낱낱이 속삭이는가 ―
　　……

(143) 생의 노래 (제1장 4)

지금 아침 햇발을 타고
그 노래소리 퍼친다
운전땅에 퍼진다
첫 아들을 젖 먹이는
젊은 어머니의
행복에 젖은 모습이런가
아름다운 이 아침!
      ……

(144) 우리는 조선청년이다

동무들!
우리는 대하가 되련다 바다가 되련다
만민이 부르짖어 원되는 그 마당에서
인민들에겐 믿음 높은 벗으로
원쑤들에겐 폭풍으로 벼락으로 —
우리는 조선청년이다!

이상의 (136)~(144)에서는 은유가 흔히 수사학적 질문이거나 수사학적 감탄, 그리고 과장법과 어울리어 이루어지면서 심오한 사상과 격렬한 감정을 높이 정서적으로 표현하고 있다.

조기천의 시에서 쓰인 은유의 구조는 대체로 김소월 시에서와 별로 다름이 없으나 김소월의 시에 비하여 「A는 B인가(는가, 런가)」형이 많다. 그리고 「A는 B로 되다(되었어라, 되련다)」 등 형식이 흔히 쓰이었다. 「A는 B로」형으로 된 것, 「A는 어찌 B가 안되랴」에서와 같이 반문법(反問法)을 취한 것 등 수사학적 감탄으로 이루어진 은유가 많다.

은유의 다른 한 형식인 규정과 피 규정으로 이루어진 경우를 보면 조기천의 시가 김소월의 시에서 보다 더 다양하다. 김소월에서는

'눈물, 설음, 탄식, 아쉬움, 생각, 사랑, 목숨, 생명, 진리' 등이 속격 조사 '의'에 의한 규정적 결합으로 은유가 이루어졌다.

○ 설음의 바닷가
○ 설음의 모래밭
○ 탄식의 바닷가
○ 눈물의 비
○ 아쉬움의 바닷가
○ 사랑의 칠석
○ 목숨의 봄 두던
○ 생명이란 바다 (※본질상 같은 형임)
○ 진리의 봉우리

김소월의 시에서 이 경우에 비유하는 사물의 자리에 '바닷가'가 많이 쓰이고 그밖에 '바다, 모래밭, 비 칠석, 봄 두던, 봉우리'가 쓰이었다.

속격 조사 '의'에 의한 은유 형식에서도 조기천의 시는 김소월의 시보다 훨씬 다양하고 풍부하다.

○ 서리발 칼날의 시선
○ 토벌의 큰 불
○ 추억의 배
○ 세월의 류수
○ 재생의 백랑
○ 육박의 불길
○ 치욕의 집
○ 파업의 굴뚝
○ 경축의 구슬꽃
○ 성원의 홰불
○ 희망의 갈매기

- ○ 마음의 물결
- ○ 시가의 총창
- ○ 불멸의 불이
- ○ 마음의 줄
- ○ 비약의 구름장
- ○ 기억의 쪽문
- ○ 희망의 모닥불
- ○ 얼음의 조소
- ○ 의심의 얼음
- ○ 망각의 개울탕
- ○ 비약의 길

차유(借喩)는 비유하는 사물과 비유되는 사물 사이의 관계와 제일 긴밀한 비유로서 조기천은 차유를 즐겨 사용하지만, 김소월은 깊은 상상 속에 사유를 끌고 가기 위한 특수 경우를 제외하고는 차유의 수법을 자주 쓰지 않는다. 조기천의 시에서는 76곳에 차유를 쓰고 김소월의 시에서는 5곳에 차유를 사용하였을 뿐이다.

장편서사시 『생의 노래』에서 환경 묘사에 조기천은 차유의 수법을 이용하여 시의 생동성을 보장하였다.

(145) 생의 노래

- ○ 벅찬 혈관들을 대지에 뻗은 곳 (고압선들이 뒤엉킨 모양)
- ○ 하늘에 신경을 펴며
  땅에 맥박을 울리며
  이 나라 인민과 더불어
  조국 창건을 노래한다 (고압선에 대한 묘사)
- ○ 낮이면 전광이
  해빛을 가리우고
  우레 운다
  번개 친다

밤이면 무지개
황홀히 일어서고
우레 운다
번개 친다 (전광에 대한 묘사)

이상의 (145)에서 고압선에 대한 묘사는 의인법과 융합되어 차유가 실현된 것이며 전광에 대한 묘사는 과장법과 융합되어 실현된 것이다. '전광'을 '해빛, 우레, 번개, 무지개'로 표현하였는데 과장법이 결합되지 않고서는 이런 비유가 이루어질 수 없다.

또한 『생의 노래』에서 전기표의 움직임을 조기천은 차유를 통한 과장법으로 어떻게 묘사하였는가를 더 보기로 하자.

(146) 생의 노래

○ 한번 번개 번쩍이자
그만 컴컴한 하늘이 절개지면
금시 우레에 맞아
무너지듯 뒹굴며
줄기줄기 허공에
빛발이 선다
천갈래 만갈래
물줄기 드리운다

행동 묘사를 차유로 한 것의 보기를 들어보면 다음과 같다.

(147) 생의 노래(제1장 9)

○ 낙양으로 「필승」을 보낸다고
「백년대전」을 꾀한다구
왜놈들이 능산에서
장송을 찍어 냈으나

찍어버린 자리에선
애솔이 무성하리라
능령천에 봄은 오고
창포꽃은 피리라
　……

(148) 생의 노래(제1장 9)

○ 백주에 빈대 벼루기
자리 다툼에 싸우는
하숙집 좁은 방에서도
봄버들이 치렁치렁 ……
맑은 시내 흘러흘러 ……

심리 묘사를 차유로 표현한 것의 보기는 다음의 (149)와 같다.

(149) 생의 노래(제2장 6)

○ 전기로의 림종을 바라보는
영수의 마음 —
무엇인지 날카롭게 치밀다간
그만 가슴 한 바닥에
무겁게 떨어진다 ……

이상의 (146)~(149)에서와 같이 여러 가지 묘사를 차유의 수법으로 다른 수사법들과 융합되어 나타내거나 독자적 또는 배합적으로 나타낸 경우가 있다.

조기천의 『생의 노래』에서는 억압 착취를 '채찍을 잡다'로, 행복한 여인들의 생활을 '꽃나무우에선 참새떼 이야기 높아진'으로, 놈들의 호화로운 생활을 '사꾸라 꽃속에서 봄이 묻히였고 복사나무 우거지고 포도 엉키여 록음속에 여름이 흘렀고'로, 어린이는 '고운 눈송이'

로, 성난 모양을 '눈에 불덩이 부딪친다'로, 믿음은 '마음속에 기둥세우다'로, 시인들의 붓을 '야수들을 일일이 소탕시킬 서리발의 총창'으로, 해방의 날을 맞은 광야의 주인들을 '날아 다니는', '자유로운 수리개'로 묘사한 것은 비교되는 대상을 숨겨두고 그 대신 비유되는 사물로 표현하였다. 조기천의 시에서는 시행 또는 시련의 한 부분을 차유로 전개시켜 표현하는 전개된 차유의 수법을 많이 쓴 것이 특징적이다. 이와 같이 조기천은 『생의 노래』에 쓰인 차유만 보더라도 얼마나 다양하고 재치 있게 사용하고 있는가를 알 수 있다.

　김소월에서 차유는 조기천보다 더 심각하게 음미하지 않으면 그 의미를 포착하기 어려울 정도로 의미심장하게 쓰이었다. 차유가 드물게 쓰이기는 하나 괴로운 나의 마음, 미더움을 모르는 당신의 마음, 애끓게 기다리나 보람 없는 허수한 마음, 애처로운 인생의 경배(敬拜)의 마음을 묘사의 수법으로 시 전체 또는 시련이 동원되어 깨닫지 않으면 풀어나가기 어렵게 쓰이었다.

(150) 담배

나의 긴 한숨을 동무하는
못 잊게 생각나는 나의 담배
내력을 잊어버린 옛時節에
났다가 새 없이 몸이 가신
아씨님 무덤 위의 풀이라고
말하는 사람도 보았어라.
어물어물 눈앞에 스러지는 불꽃
아 나의 괴로운 이 맘이여.
나의 하염없이 쓸쓸한 많은 날은
너와 한가지로 지나가라.

　이상의 (150)에서 하염없이 쓸쓸한 많은 날, 괴로운 마음을 '났다

가 새 없이 몸이 가신 아씨님 무덤 위의 풀', '어물어물 눈앞에 스러
지는 불꽃'에 비기었다.

(151) 실제(失題)

이 가람과 저 가람이 모두 쳐흘러
그 무엇을 뜻하는고?

미더움을 모르는 당신의 맘

죽은 듯이 어두운 깊은 골의
꺼림칙한 괴로운 몹쓸 꿈의
퍼르죽죽한 불길은 흐르지만
더듬기에 지치운 두 손길은
불어가는 바람에 식히셔요
밝고 호젓한 보름달이
새벽의 흔들리는 물노래로
수줍음에 추움에 숨을 듯이
떨고있는 물밑은 여기외다.

미더움을 모르는 당신의 맘

저 산과 이 산이 마주서서
그 무엇을 뜻하는고?

김소월은 이상의 (151)에서 '이 가람과 저 가람이 모두 쳐흘러',
'저 산과 이 산이 마주 서서'는 무엇을 뜻하는가? 미더움을 모르는
당신의 마음을 차유와 직유, 의인법의 융합적 실현으로 시련 전체를
통해 보여 주었다.

(152) 신앙(信仰)

......
그러면, 목숨의 봄두던의
살음을 감사하는 높은 가지
잊었던 불 붙는 고운 잔디
그대의 헐벗은 靈을 싸덮으리.

김소월은 『신앙』의 마지막 시련 (152)에서 보는 바와 같이 애처로운 인생의 경배의 마음을 차유의 수법으로 표현하고 있다.

(153) 물마름

물위의 뜬 마름에 아침 이슬을
불붙는 마루에 피었던 꽃을
지금에 우러르며 나는 우노라
이루며 못 이룸에 薄한 이름을.

김소월은 이상의 (153)『물마름』의 마지막 연 (153)에서 보는 바와 같이 애끓게 기다려 울며 기다려도 보람 없는 마음을 현실적으로 불가능한 '아침이슬'과 '피였던 꽃'에 비겨 독특하게 차유의 수법을 사용하고 있다. 이로 하여 독자들로 하여금 심사숙고하게 하며 시적 내용을 보다 심화시켜 파고들수록 깊은 상상 속에 잠기게 하는 것이 김소월의 차유의 수법이다.

조기천은 시에서 과장법을 다른 시인들보다도 훨씬 즐겨 쓴다. 조기천의 시에서 81곳, 김소월 시에서 3곳이 과장법으로 씌어져 김소월은 상대적으로 과장법을 잘 쓰지 않는 편이다.

조기천의 시에서 과장법은 수량수사로 표현되는 경우가 많다.『백두산』머리 시에서만 보더라도 '천년 이끼 오른 바위를 벼루돌 삼아’, ‘3천리를 손금같이 굽어보다’, ‘5천년을 흐르던 그대의 혈통’, ‘몇만의 지사 밤길 더듬어 백두의 밀림 찾았더냐’ 등에서와 같이 ‘천년’, ‘3천리’, ‘5천년’, ‘몇만의’는 수량수사와 어울리어 과장법이 쓰인 것이다.

조기천의 시에서는 과장법을 널리 사용하고 있다. 사람들의 의지, 기세, 기쁨, 불만, 피곤, 말소리, 속도 등 행동 상태와 관련한 것, 그리고 굴뚝의 높이, 전기로의 움직임과 밝음, 덥고 추운 정도, 전투 환경, 기타 자연 묘사에 이르기까지 과장법을 사용하였다. 비유법에서도 보여주다시피 직유, 은유, 차유를 통한 과장법이 보다 많이 쓰이었다.

○ 우리는 대하가 되련다
　　바다가 되련다 (의지)
○ 내 천만년 깎아세운 절벽의 의지로 (의지)
○ 내 세세로 모은 힘 가다듬어 (힘)
○ 대지를 꺼지울 듯
　　민족의 두다리 버티고 서는 (무게)
○ 가슴에서 뛰여나오는 듯
　　심장이 어디론지 달리거니 (기쁨)
○ 한아름 웃음이 가슴에 가득 안겨진 듯 (기쁨)
○ 흰 양복에까지도 뾧족한 불만이 서린 듯 (불만)
○ 목에서도 재불이 날린다 (피곤)
○ 대장의 말소리 강철을 울린다 (말소리)
○ 그의 작업반이
　　돌격전에 들어섰다.
　　우레속에서 번개속에서 (행동의 민첩성)
○ 푸른 하늘을 받드는
　　흰빛 굴뚝들 (굴뚝높이)
○ 전기로 한번 외칠 때
　　천동인가 지동인가

사람의 심장까지 떨치며
우레 운다 (전기로 움직임 소리)
○ 전기로 한번 불을 뿜을 때
일월이 빛을 잃는가
사람의 눈을 부시며
번개 친다 (전기로 밝음)
○ 더위에 살이 썪는
추위에 발톱이 튀는 (덥고 추운 정도)
○ 새도 날틈없는 수비망 (삼엄한 환경)
○ 휘발유에 돌까지 타는 산 (악렬한 환경)
○ 그 속에서 육박전의 창날도 번개 치고 (전투 환경)
○ 구름도 중턱에서 헤매는 고지
천년 칡덩굴도 주저한 절벽 (자연 환경)
○ 동해바다를 끓일 듯
붉게 타오르는 새벽 (자연 환경)

조기천은 적극적인 과장법을 많이 사용하는 한편 소극적인 과장법도
사용하고 있다.

○ 백두의 주름주름 바루꿰여
○ 사지를 문턱인 듯 넘나들다
○ 손톱까지 적시는 땀
○ 3천리를 손금같이 굽어보다

김소월의 시에서는 과장법이 찾아보기 어려울 정도로 드물게 쓰이었다.

(154) 구름

저기 저 구름을 잡아 타면
붉게도 피로 물든 저 구름을,
밤이면 새카만 저 구름을,

잡아 타고 내 몸은 저 멀리로
九萬里 긴 하늘을 날아 건너
그대 잠든 품속에 안기렸더니,
애스러라, 그리는 못한데서
그대여, 들으라 비가 되어
그 구름이 그대한테로 내리거든,
생각하라, 밤 저녁, 내 눈물을

이상의 (154)에서 김소월은 구름을 잡아타고 구만리 긴 하늘을 날아 건너 그대한테로 가고 싶은 간절한 마음을 과장법으로 표현하였다.

(155) 물마름

......
그 누가 알았으랴 한쪽 구름도
걸려서 흐득이는 외로운 嶺을
......
부러진 대쪽으로 활을 메우고
녹슬은 호미쇠로 칼을 베려서
茶毒된 三千里에 북을 울리며
正義의 旗를 들던 그 사람이여.

이상의 (155)에서는 험악한 산세에 대한 묘사와 정의의 기를 들고 싸우는 모습을 과장법으로 나타내고 있다.

김소월의 시에서는 조기천 시에서 와는 달리 일반적으로 과장법이 쓰이지 않았으며 진실한 마음을 솔직하게 생각나는 그대로 시어(詩語)를 짜서 보여주는 면에서 특징적이다.

의인법은 시인들마다 일반적으로 즐겨 쓰는 수사법의 하나이다. 동물 또는 사물에 사람의 표식을 부여하여 사람이 아닌 다른 사물이거나 동물에게 사람의 사상과 감정을 가지고 생각하고 느끼고 행동하고 하기 때문에 정서 성이 높은 표현으로 된다.

조기천의 시에서는 사물을 사상감정 화하여 호칭어로 부르고 '그대', '너', '나' 등 인칭대명사와 어울려 쓰거나 인칭대명사를 단독으로 써서 사람 사이의 대화의 형식으로 다정다감하게 말하거나 한숨 짓고 원한이 서린 표현을 하여 독자로 하여금 감화력을 크게 하고 있다.

조기천의 시에서 호칭어로 이루어진 의인법 사용의 보기를 들어 보면 다음과 같다.

(156) 백두산

○ 오오, 조상의 땅이여!
　5천년 흐르던 그대의 혈통이
○ 바위! 바위!
　내 알리 없어라
○ 산아, 조종의 산아 말하라
○ 백두산! 백두산!
　너, 세기의 증견자야!
○ 백두야, 너도 가슴막히여
　숙연히 머리 숙이였지!
○ 눈보라! 눈보라!
　듣느냐?
　너는야 철호를 도와주거라 ―
○ 너 장백의 눈보라야!
　불어 또 불어 철호를 감추라 ―
○ 아아, 칡뿌리! 칡뿌리!
　백성은 네게도 목숨 못단 때 많았거니
　이 나라에 네가 적은 죄이드뇨?

(157) 흰 바위에 앉아서

○ 맑은 물줄기여
　　나도 너처럼 씩씩하리라

(158) 동해바다

○ 동해바다의 푸른 물결이여!
　　왜 이 나라 사람들이
　　너를 그리는지 내 잘 아노라 ―
　　　　　……
　　새하야니 이 나라 백성같이 일어나서
　　와 ― 아 달려오는 동해바다여!

(159) 두만강

○ 이 땅의 북변을 굽이굽이 휘돌아
　　흘러 흐르는 두만강이여!
　　부딪치고 감뛰는 그대의 찬 물결에 묻노니 몇 번이나
　　흰옷의 서러운 그림자 비꼈더냐

　조기천의 『두만강』에서는 11개 연이 모두 두만강을 의인화하여 조선인민의 형상을 여러모로 생동하게, 감격적으로 써내려 갔다. 『두만강』에서 감정이 고도로 격앙된 것은 호소법(呼訴法), 반문법(反問法)과 의문법이 잘 배합되어 이루어졌기 때문이다. 그러나 김소월의 시에서는 이런 수법이 쓰이지 않았다.

　'물'과 관련하여 김소월에서는 '물살이 해적해적 품을 헤쳐요'(『풀따기』)에서와 같이 님 그리는 심정을 절절히 노래하였다. 조기천의 『흰 바위에 앉아서』에서는 '구름인양 내리는 개울물, 딩굴어 달리며 쫓으며 무삼이야기 그리도 기쁘뇨?', '그래도 어느때나 웃어떠들며'

라고 개울물을 선택하여 개울물과 조용히 이야기하는 형식으로 '너처럼 내 살리라 맑게, 쟁쟁하게, 줄기차게'에서와 같이 경건한 마음으로 결의를 다지기도 하였다. 조기천은 이와 같이 잔잔한 '개울물' 또는 '내물'과 이야기를 나누며 '내물의 다정한 속삭임'(『봄노래』)에 귀를 기울이거나 '남몰래 기쁜 소식을 전하듯이 속삭이며 웃으며 달리는 내가'와 더불어 감정을 나눌 때에는 아주 다정다감한 심정으로 노래한다. 그러나 격정이 높아짐에 따라 감정의 기복이 커지면서 강, 바다에로 전이된다. 이를테면 '뜻깊고 한 많은 물결', '압록강', '두만강이여!', '동해바다의 푸른 물결이여!'(『동해바다』) 등에서와 같이 파도 높은 바다물결로 격조가 높아진다

(160) 동해바다

동해바다의 푸른 물결이여!
왜 이 나라 사람들이
너를 그리는지 내 잘 아노라 ―
너의 망망한 가슴 높은 파도는
이 땅의 사품치는 정열이다

멀리 태양을 무겁게 뒤적이다가는
그만 노한 듯이 불쑥 솟아
낮게 드리운 하늘을 치받고는
새하야니 이 나라 백성같이 일어나서
와 ―아 달려오는 동해바다여!
　　……

　이상의 (160)에서 조기천은 동해의 푸른 물결에 이 나라 사람들이 그리는 마음의 표식을 주었으며 높은 파도는 사품치는 정열의 표식으로, 불쑥 솟아 하늘을 치받는 파도는 백성들이 일어서는 모습의

표식으로 의인화하였다.

　김소월은 바다에서 일어나는 조수에 뛰놀고 싶은 마음의 표식을 주어 유쾌한 심정을 표현하였다.

　　(161) 붉은 潮水

　　　불같은 저 해를 품에 안고
　　　저 붉은 潮水와 나는 함께
　　　뛰놀고 싶구나, 저 붉은 潮水와.
　　　　　……

　이와 같이 바다를 놓고도 조기천은 '물결', '파도'에, 김소월은 '조수'에 주목하여 부동한 표식으로 의인법을 사용하였다.

　'바람'을 대상으로 하여 조기천은 '바람'에 '울타리며 유리창을 검으락 푸르락 두드리며', '울며 아우성 치며', '잔명을 구하는' 인간의 행동 표식을 주고 『꽃바람』에 '고지에서 몰래 진달래를 찾는' 전사들의 표식을 주어 의인화하였다. 김소월은 『봄밤』에서 '바람은 불며, 울며, 한숨지어라', 『낙천(樂天)』에서는 '꽃지고 잎진 가지에 바람이 운다'와 같이 '바람'에 울며 한숨짓는 사람의 행동 표식을 주었다. '바람'에 대하여 조기천은 김소월보다 강하고 센 행동 표식을 하고 있다는 것을 알 수 있다.

　'하늘'에 대하여 김소월은 '어둡게 깊게 목메인 하늘'(『悅樂』)로 표현하여 '목메이다'라는 사람의 표식을 '하늘'에 주었지만 조기천은 '젊은 대지도 웃고 맑은 대공도 웃어'(『생의 노래』), '창공이 가슴 헤치고 대지를 불러 안으련다'(『생의 노래』)에서와 같이 '하늘'을 '창공' 또는 '대공'으로 표현하여 '대지'와 대조를 이루었으며 거기에 인간의 웃고 가슴 헤치는 행동 표식을 주었다.

　'달빛'에 대하여 김소월은 '희미하게 흐르는 푸른 달빛이 기름 같은 연기에 멱감을러라'(『여름의 달밤』)에서와 같이 인간의 멱감는 표식을 달빛에 주었고 조기천은 『달빛을 안은 밤안개』에서와 같이 밤안개에 안기 운 달빛을 보게 되며 여기에 인간의 안기 운 표식이 작용하고 있다. 이와 같이 꼭 같은 대상에 대해서도 작가의 안목과 생각, 불러일으키는 상상력이 가지는 감정이 다름에 따라 같은 의인법을 사용하였지만 구체적인 표현이 달라지는 것은 작가의 개성적인 성격이 다르기 때문이다. 여기에서도 우리는 조기천은 무게 있고 큰 색채를 즐기고 김소월은 작고 깜찍한 색채를 즐기는 개성적 특성을 보아낼 수 있다. 즉 조기천은 성격이 호방하고 외향적이고 김소월은 성격이 조용하고 내성적이라는 점이다.

조기천과 김소월은 의인법을 서로 다른 대상을 잡아서 사용하고 있다.

대표적인 몇 가지만 예를 들어 보이면 다음과 같다. (162)는 조기천의 시에서 뽑은 것이고, (163)은 김소월의 시에서 발췌한 것이다.

(162)

○ 어두움이 들어누운 바구니 (어두움)
○ 북에서는 백두산이 백발을 휘날리며
　한설을 안아 뒤뿌려치는데,
　서리발로 한숨 쉬고있는데! (백두산)
○ 어둠을 거느죽이 이끌고
　길잡이도 없이 한자욱 두자욱
　화전골 오솔길을 더듬어
　저녁안개 두메로 내린다 (안개)
○ 오로지 순사주재소 높다란 대문간만
　우뚝히 상찌프리고
　마을을 흘겨보는 듯. (대문간)
○ 기계의 외침 (기계)
　모터의 노래 (모터)
○ 명중탄의 통쾌한 외침 (명중탄)

○ 전기로의 맥박,
　전기로의 가슴 (전기로)
○ 무거운 아픔이
　꿈틀 돌아눕는다 (아픔)
○ 아침해발이 검은 바위를 어루만지고 (아침해발)
○ 호함진 벼밭이 푸르게 드러누워
　가볍게숨쉬고 ― (벼밭)

(163)

○ 술집의 창 옆에, 보아라, 봄이 앉았지 않는가 (봄)
○ 일울없이 오는 비에 봄은 울어라. (봄)
○ 나의 긴 한숨을 동무하는 못잊게 생각나는 나의 담배! (담배)
○ 저 달이 나더러 속삭입니다 (달)
○ (자전차가) 누워서 당신을 그려요 (자전차)

조기천 시에서는 인간의 표식을 '어두움, 백두산, 안개, 대문간, 기계, 모터, 명중탄, 전기로, 아픔, 아침해발, 벼 밭' 등에 주었다면 김소월 시에서는 인간의 표식을 '봄, 담배, 달, 자전차 …' 등에 주어 의인화 수법을 실현하였다.

앞에서 보여주다시피 조기천의 시에서 호소법과 의인법이 융합되어 쓰인 대상을 보면 '조상의 땅, 바위, 산, 백두산, 눈보라, 칡뿌리, 물줄기, 물결, 두만강 …' 등이다. 김소월의 시에서는 이런 수법으로 쓰인 대상을 찾아볼 수 없다.

그밖에 '물'과 관련하여 조기천 시에서는 '물살, 개울물, 내가, 물결, 파' 등이 쓰이고 김소월 시에서는 '물결, 파도, 조수'가 쓰이었다. 같은 대상 '물결, 바람, 하늘, 달빛' 등에 대하여 두 시인은 같은 의인법을 썼지만 사물에 대한 이해, 관찰력, 정감, 심상이 다름으로 하여 표현이 다르게 되었다. 이는 시인의 부동한 개성의 발로에 기인된다.

기타 문체론적 수법의 이용 상황을 계량의 방식으로 개략적으로 보여주면 조기천 시에서 의물법(2곳), 상징법(33곳), 완곡어법(3곳), 삽입법(2곳), 부정법(3곳), 현재법(16곳)이 독특하게 쓰이었으나 김소월의 시에서는 이런 문체론적 수법이 쓰이지 않았다.

기타 수법의 사용 상황은 다음 【표 16】과 같다.

【표 16】 기타 수법

수법	조기천	김소월
대용법	21	2
의성의태어법	51	55
동어법	3	1
비물법	1	2
호소법	47	39
연쇄법	13	43
맞물림법	51	19
반복법	166	410
조사 반복	192	212
왕복법	6	13
전도법	29	26
대조법	40	150
점층법	7	2
대구법	22	50
열거법	17	5
억류법	2	1
모순어법	1	1
자문자답법	9	6
성구법	26	3

이상에서 본 바와 같이 표현 수법의 사용에서 문장론적 수법이 조기천의 시보다 김소월의 시에서 더 많이 쓰이었다. 김소월 시에서

반복법, 대조법, 대구법이 훨씬 많이 쓰인 것은 조기천의 시는 산문시로 이루어졌지만 김소월 시는 전통적인 운율의 격식을 밟은 경우가 많은 사정과도 관련된다.

2. 문장 부호의 사용

조기천의 시에서 김소월 시와 뚜렷이 구별되는 특성의 하나는 문장 부호의 표시로 문체론적 수법이 이루어진 것이라고 할 수 있다.

예를 들면 감탄부호(!)를 사용한 곳이 523개, 생략부호(…)를 사용한곳이 179개, 물음표(?)를 사용한 곳이 156개 특수하게 이음표(―)를 두 번 연속 길게 그어서 사용한 곳이 507개나 된다. 이런 문장 부호들은 그 대부분이 문체론적 수법의 실현으로 이루어졌다는 점에 우리는 주목하여야 한다.

감탄부호의 사용은 수사학적 감탄과 호소법으로 이루어진 곳이 대부분이다.

수사학적 감탄으로 이루어진 곳이 약 400여 곳이나 되는데 그 가운데 인용표 안에 대화에서 실현된 곳이 79개, 문장 또는 시행의 끝에 사용한 곳이 322개나 된다.

그 다음 호소법으로 이루어진 곳이 73개이다. 놀람, 명령, 권유 등의 뜻으로 씌어진 곳도 근 50곳이 되지만 이 부분은 문체론적 수법의 실현과는 별개의 문제이므로 취급하지 않는다.

조기천은 『백두산』머리 시에서 독자들의 시선을 모아 거창한 감정을 호소법으로 불러일으킨다.

(164) 백두산(머리 시)

3천만이여!
오늘은 나도 말하련다!
　……
이 땅의 이름없는 시인도
해방의 오늘 말하련다!

바위! 바위!
내 알리 없어라!
정녕코 그 바위일수도 있다
빨찌산 초병이 원쑤를 노렸고
애국렬사 맹세의 칼 높이 들었던 그 바위
　……
3천만이여, 그대에게
높아도 낮아도 제 목소리로
가슴 헤쳐 마음대로 말하련다!

(162)에서 '3천만이여!', '바위! 바위!'는 호소법으로 이루어진 것이고 '내알리 없어라!'와 '말하련다!'는 수사학적 감탄으로 쓰인 것이다.

(163) 조선은 싸운다(서두)

세계의 정직한 사람들이여!
지도를 펼치라
싸우는 조선을 찾으라
그대들의 뜨거운 마음이 달려오는 이 땅에서
도시와 마을은 찾지 말라 —
　……
이 땅에서 도시와 마을은 찾지 말라 —
남북 3천리에 잿더미만 남았다
태양도 검은 연기 속에서

피같이 타고있는 조선!
폭격에 참새들마저 없어진 조선!

(163)에서 '정직한 사람들이여!'는 부름말로 이루어진 호소법이고
'지도를 펼치라', 조선을 '찾으라', '찾지 말라'는 세계의 정직한 사람
에 대한 강한 감정이나 회포를 간절히 토로하기 위하여 호소하는 형
식으로 배합하여 쓰인 것이다. '피같이 타고있는 조선!', '폭격에 참
새들마저 없어진 조선!'은 수사학적 감탄으로 이루어졌다.

조기천은 적들의 폭격에 도시의 벽돌집, 아스팔트길, 가로수, 과수
원, 박우물, 고향의 거리들이 찾을 길 없이 파괴된 처참한 전경을 그
리면서 도시와 마을은 찾지 말고 '피같이 타고있는 조선...!', '싸우는
조선을 찾으라'고 강한 호소력으로 세계 정직한 사람들의 강렬한 정
감을 불러일으켰다.

(164) 두만강

　　……
이 땅의 북변을 굽이굽이 휘돌아
살뜰히 씻어 지나는 두만강
그대는 깨끗도 하여라!
애국의 절개되리!
백두산천지에 뿌리박은 두만강
그대는 장엄도 하여라 —
이 땅의 해방을 길이 지니리!

정의의 나라 살찐 언덕에
경축의 구슬꽃 함뿍 뿌리며
태양도 부럽게 해방군을 빛내며
행복의 강, 친선의 강이여,
날뛰며 춤추며 흘러 흐르라

영원히 흐르라!

(164)에서 조기천은 시련의 마지막에 감정을 고조시키면서 호소법과 수사학적 감탄을 사용하고 있다. 이때 문장 부호법은 비교적 자유롭게 반점(,)을 쓰기도 하고 감탄부호와 반문법을 융합적으로 이용하여 느낌표(!)와 물음표(?)를 사용하기도 하였다.

또한 서정시『두만강』은 11개 연으로 구성되었다. 마지막 두 연을 제외하고는 9개 연은 전부가 '두만강이여'와 같은 호소법으로 '조선의 사나이', '조선의 녀인', '조선의 지사', '조선의 의병'의 눈물겨운 과거와 설움, 굴함 없는 투쟁 정신을 반영하였으며, 두만강은 '원한의 강, 피의강', '이 땅의 눈물과 고통의 강 두만강!'이라고 격조높이 외쳐 부르고 눈물겨운 기나긴 역사의 장엄한 화폭에 담아 읊조리었다.

시인은 두만강을 조선의 생명 하로 노래하였다. 이 땅의 기쁨에 웃고 울고 어리광 치기도 하고 적들을 짓 부시어 외치고 성내며 뒤끓기도 한 장쾌하고 거룩한 모습, 애국의 절개 지켜 해방을 실어온 두만강, 이런 유서 깊은 두만강을 시적으로 승화시켜 마지막 두 연의 결속 부분에 가서는 호소법과 수사학적 감탄을 배합 적으로 잇달아가며 시적 감정을 고조시켰다.

그러나 김소월의 시에서는 조기천의 시에서와 같이 격조 높은 외침, 장엄한 역사의 화폭에 담아 애국의 절개를 구가한 장쾌한 감정, 거룩한 인물 형상창조에 이바지한 시적 감흥을 찾아볼 수 없다.

감탄부호로 표시되어 수사학적 감탄으로 이루어진 곳은 92개, 호소법으로 이루어진 곳은 39개이다. 이것은 조기천과 비길 때 92/400, 39/73의 비례로 이루어져 그 차이가 현저하다. 내용면에서 보면 김소월은 비애에 젖어 애탄 하거나 사랑의 도가니 속에서 마음이 켕기고 불안한 감정을 토로한 경우가 많다.

(165) 맘 켱키는 날

오실 날
아니 오시는 사람!
오시는 것 같게도
맘 켱키는 날!
어느덧 해도 지고 날이 저무네!

(166) 하늘 끝

불현듯
집을 나서 山을 치달아
바다를 내다보는 나의 身勢여!
배는 떠나 하늘로 끝을 가누나!

(167) 만리성

밤마다 밤마다
온 하루밤!
쌓았다 헐었다
긴 萬里城

(165)~(167)에서와 같이 오실 날 아니 오시는 그 사람을 그리는 안타까운 마음을 『맘 켱기는 날』에 담아 표현하였고 집을 나서 산을 치닫는 하늘 끝으로 정처 없이 가는 배에 자기의 신세를 비겨 탄식한 『하늘끝』, 온밤을 지새며 잠 못 이루고 생각을 굴려도 만리성을 쌓았다 허는 보람 없는 『萬里城』은 신세타령이기도 하다. 소월은 아름다운 생활을 동경하고 지향하였지만 현실은 그의 지향을 펼 수가 없었으며 실현할 수가 없어 모순으로 충만 된 복잡한 사상감정을 허황한 신세타령으로 돌려 탄식할 뿐이었다.

조기천의 시에서 반문법은 150여 곳에나 쓰이었다. 그 가운데 131

곳은 물음표(?)로 표시되었고 물음표로 표시된 가운데 11곳은 추측의 뜻을 나타내고 10곳은 의혹을 나타내고 4곳은 망설임을 나타내었다. 반문법을 이용한 29곳은 반점(,)으로 나타내기도 하고 문장 부호를 치지 않은 곳도 있다.

조기천의 시에서 반문법은 대부분 경우에 영탄법과 배합적으로 실현되어 강한 격정을 불러일으킨다.

시 『두만강』은 모두 11 연으로 씌어졌는데 시의 첫 연으로부터 7 연까지 영탄법, 호소법, 반문법 등을 유기적으로 배합시켜 사용하였다.

『두만강』에서는 ①조선 인민의 숨결을 굽이치고 감도는 두만강, ②조선사나이의 가슴속에 노예의 설음으로 옹키운 두만강, ③조선 녀인의 가난에 보대끼며 눈물에 한숨짓는 두만강, ④새벽 비낀 언덕을 바리고 운명을 물결에 맡기는 조선의 지사의 넋을 지닌 두만강, ⑤마지막 탄환도 원쑤에게 보내고 한 많은 물결에 몸 던지는 조선의 의병의 상징인 두만강, 이러한 강을 '두만강이여, 이것이 그대 그려둔 ×가 아닌가'의 형식으로 호소법과 반문법을 훌륭하게 배합시켜 두만강에 여러 가지 상징적 의미를 부여하였으며 독자들에게 강한 시적 감흥을 불러일으켰다. ⑥연에서는 해방의 날을 맞아 대해로 자유롭게 흐르는 두만강, ⑦연에서는 이 땅에 꽃피며 이삭패라 한껏 믿는 두만강에 대해 두 연의 마지막 부분에서 똑같은 시구의 반복, '두만강이여, 이것이 어느 해 어느 날부터더냐?'에서와 같이 호소법과 반문법의 유기적인 결합으로 문체론적 수법이 실현되었다.

(168) 우리의 노래

뉘가 모르느냐 우리의 노래를?

......

뉘가 싫어하느냐 우리의 노래를?

(169) 죽음을 원쑤에

……

눈 쌓이는 밤 이 밤
어느 골짜기 어느 바위우에서
이 나라의 전사는 이렇게 말하였다
들어보라! 뉘의 목소리냐?
우리의 목소리다!

……

(170) 눈길

……

소한 무렵 대한도 동사한다는 이 추위에
천리길 눈길을 누구누구 떠났느냐?
아버지와 아들인가 딸인가
어느 녀인의 남편, 어느 처녀의 련인인가!
눈길이여, 이 나라의 길이여!
너의 옆에 꽃나무마을들은 어디로 갔느냐
너를 반기던 째듯한 도회들도 없어졌다
모두 잿더미로 눈속에 묻히였구나!

……

   (168)~(170)에서도 반문법은 전도법과 어울려 쓰이기도 하고 호소법과 배합 적으로 어울려 쓰이기도 하고 자문자답법과 어울려 쓰이기도 하였다.

(171) 봄노래

훈훈한 아지트에서 나서면
꿈 속에서 같이 후련하니

서리 덮인 솔밭을 지나
고개길은 별나라로 달나라로 가는고 ―
높은 령 험한 길을 지나
빨찌산들은 싸움터에 이르리
전사들은 말없이 앉아있다
전투의 길을 앞에 둔 몇 분
가슴에서 무슨 생각이 회오리치는고
고향의 불탄 집터인가
창백한 얼굴의 안해인가
눈물어린 채 잠든 갓난인가
　　……

(171)에서 보다시피 조기천은 반문법을 과장법과 은유의 융합적 실현으로 보여주기도 하고 열거의 형식으로 연속 반문을 들이대는 문체론적 수법을 다양하게 결합하여 쓰기도 하였다.

이때 문장 부호법은 '달나라로 가는고--'에서와 같이 소리의 여음 표시로 이음표를 연속 두 번 쓰기도 하고 물음표는 일반적으로 사용하다가도 사용하지 않은 곳도 있었다.

김소월의 시에서는 조기천 시에서와 같이 반문법이 호소법, 은유, 과장 등과 어울려 쓰인 곳은 없고 대조법과 배합적으로 반문법을 교묘하게 쓴 곳은 찾아볼 수 있다.

그의 시에는 반문법으로 사용된 곳이 20여 곳, 의문법으로 사용된 곳이 25곳, 논리적 물음으로 사용된 곳이 10여 곳이 된다.

(172) 돈타령

　　……
술고기만 먹으랴고
밥먹고 싶은줄 네 몰랐지.
색시와 친구는 붙은게 라고

네 처권 없을줄 네 몰랐지.

人格이 잘나서 제노라고
무엇이 잘난줄을 네 몰랐지.
　……

(172)에서와 같이 김소월의 시에서는 감정을 고조시켜 격조를 높이기 위한 수단으로 쓴 것이 아니라 리치를 따져가며 인생의 도리를 깨우쳐 주기 위한 효과적인 수단으로 반문법을 대조법과 배합하여 쓴 것이다.

(173) 夫婦

오오 아내여, 나의 사랑!
하늘이 무어준 짝이라고
믿고 살음이 마땅치 아니한가.
아직 다시 그러랴, 안 그러랴?
이상하고 별남은 사람의 맘,
저몰라라, 참인지, 거짓인지?
情分으로 얽은 딴 두 몸이라면.
서로 어그점인들 또 있으랴.
限平生이라도 半百年
못사는 이 人生에!
緣分의 긴 실이 그 무엇이랴?
나는 말하노라, 아무러나,
죽어서도 한곳에 묻히더라.

(173)에서 김소월은 논리적인 물음과 수사학적 질문으로 이루어진 반문법을 배합적으로 사용한 것이다. 그러나 거기에 대한 해답은 주지 않고 독자의 선택에 맡김으로써 무엇이 그러한가에 대한 사색을 자아내게 하며 그의 참뜻을 음미하게 한다. 시란 바로 사색의 깊이

에로 끌고 들어가며 미지의 세계를 펼쳐갈수록 매력이 있는 것이다.

    (174) 父母

落葉이 우수수 떨어질 때,
겨울의 기나긴 밤,
어머님하고 둘이 앉아
옛 이야기 들어라.

나는 어쩌면 생겨나와
이 이야기 듣는가?
묻지도 말아라, 來日날에
내가 父母되어서 알아보랴?

만약 (174)의 마지막 연에서 연속 반문법을 쓰지 않는다면 시로서의 생명력을 잃고 만다. 연속 질문의 형식으로 자기 자신에 대해 질문을 들이 대여 독자와 함께 사색의 여울목으로 끌고 가며 미지의 세계를 파헤쳐 보도록 하는 면에서 시적 재질을 보여주고 있다.

여기서 질문에 대한 해답을 요구하는 논리적 질문이거나 자문자답의 형식으로 된다면 시적 내용의 깊이가 없어지며 감정의 미묘한 흐름도 딱딱하게 되고 만다. 이 시는 연속 반문법을 재치 있게 써서 그 얼마나 많은 사람들의 심금을 울려주고 사색의 심연으로 이끌어 가는가를 알 수 있다.

생략법은 조기천 시에서는 문방부호 줄임표 「…」를 쓰고 김소월 시에서는 일률로 줄임표 「……」를 썼다. 조기천 시에서는 생략법에 줄임표를 쓴 것이 48곳, 중단법에 줄임표를 쓴 것이 111곳, 중간휴식법(中間休息法)에 줄임표를 쓴 것이 15곳, 말더듬이의 표시로 쓴 것이 2곳, 긴 여음을 남기거나 행을 줄이기 위해 쓴 것이 3곳 그 표시는 「………」이다. 줄임표를 쓴 것은 도합 179곳이나 된다. 김소월 시에서는 그렇게 쓴 것이 17곳이 된다.

먼저 조기천의 시에서 생략법이 쓰인 보기를 들어보기로 하자.

(175) 백두산

      ……
    새벽을 잡아서
    화전골 첫 어구에 들어섰을 때
    영남이 정신차렸다.
    그의 첫 말 —
    『보고를 …… 보고를 ……』
    그담 물을 달라고 ……
        …… <제5장 3>

    철호 무덤을 판다
    소나무밑에 영남의 무덤을 …
    파다가는 한숨쉬고
    한숨쉬고는 또 파고 …
        …… <제5장 4>

    『간밤에 영남이 죽었수 ……』
    『영남이? 아이구 기차기두! …』
    처녀의 심장 옆에서
    무거운 아픔이
    꿈틀 돌아눕는다
    또 돌아눕는다 ……
     한시 후에 철호 떠나고
     꽃분이도 길 떠났다
        …… <제5장 6>

    이상의 (175)에서 돌아눕는 행동, 더듬거리면서 '보고를'을 반복적
으로 말하는 동작, 무덤을 파는 행동의 되풀이 등을 줄임표 「…」로

묘사하였다. 여러 말을 거듭하거나 늘여 놓는 것보다도 생략법을 사용하여 말속의 말을 간결한 문장 부호로 표시하고 있다.

(176) 백두산

빙 ― 둘러선 빨찌산들 ……
그 앞에 말 없이 선 김대장 ……
          ……
『뉘가 소를 죽였는가?』
대장이 낮게 묻는다
「………」― 군중은 잠잠
          ……
『대장동무!
내가 죽였습니다 ……』
          ……
척후로도 이름 있는 석준이 ……
더 없는 전우라던 석준이 ……
          ……   <제4장 4>

『나는 죄책을 잘 압니다』
석준의 떨리는 목소리 ……
재가 내여돋은 입술 ……
허나 이제도 처벌의 고개
어떻게 석준이 그 고개 넘으려나!
빨찌산들은 잘 안다
오직 한가지뿐 ―
『총살』
폭풍우 전 짧은 순간 ……
침묵 …… 침묵 …… 침묵 ……
          ……   <제4장 5>

이상의 (176)는 조기천의 시 『백두산』에서 식량부대가 식량을 구하러 갔다가 구하지 못하고 삼박골 목재소에서 겨우 소 두 마리를 끌고 와 힐책을 받는 장면묘사이다. 끌고 온 소를 돌려보내고 산채를 캐어 아침을 하라는 김대장의 엄한 명령을 어기고 소를 잡은 석준이, 김대장의 문초를 받는 엄숙한 장면 묘사에서 대화에 쓰인 생략법과 환경, 인물 묘사에 쓰인 생략법들은 엄숙한 침묵의 흐름, 심장을 쥐여 박는 긴장한 분위기를 조성하였다.

혁띠를 삶아먹으면서 온갖 굶주림에 모대기지만 백성의 이익을 털끝만치도 침해하지 않고 모든 것은 인민을 위한 군민의 혈연적 관계를 의미심장하게 풀어 나가는 장면 묘사에서 생략법은 말 밖의 훌륭한 말들을 독자들이 마음속으로 읽게 하였다.

(177) 생의 노래(제2장 6)

......
뒤끓던 가슴도 식어지고
랭각관들의 높은 숨결도
어느새 끓어지고
엉성한 뼈마디를
전극 셋이 내여놓고 ......
전기로의 림종을 바라보는
영수의 마음 ―
무엇인지 날카롭게 치밀다간
그만 가슴 한 바닥에
무겁게 떨어진다 ......
성삼이도 말 없이
카바이트 수기를 차버리고
봉당에 주저앉는다 ......

이상의 (177)은 새 조선의 자랑으로 일떠선 카바이드 공장의 복구와 전로공(電爐工)들의 열화와 같은 생산 투쟁을 통하여 조국 창건을 구가하고 인간의 참다운 삶의 진리를 노래한 장편서사시의 한 장면이다.

카바이드 공장은 유출구가 셋인데 두 개가 고장나고 전기로 바닥이 인위적인 파손으로 3호로가 죽어야 되는 순간, 영수, 성삼이를 비롯한 전로공(電爐工)들의 숨결도 맥박도 전기로의 수명과 같이하는 성스러운 투쟁 장면을 보여준 것으로서 전기로의 임종을 바라보는 영수의 가슴 한바닥에 무겁게 떨어지는 심리적 묘사에 생략법이 쓰이어 무거운 여운을 남기게 했고 성삼이도 카바이드 수기를 차버리고 말없이 맹봉당에 털썩 주저앉아 있는 행동 묘사에도 생략법이 쓰이어 맥을 버리고 앉아 있는 행동 지속을 나타내었다.

김소월의 시에서는 조기천 시에서 보여준 바와 같은 심리적 묘사에서 긴장한 분위기를 조성하거나 무거운 여운을 남기거나 행동의 지속을 나타내는 경우에 생략법이 일반적으로 쓰이지 않고 독자가 알려고 하고 음미하기 싫어하는 그러한 대목에 가서 재치 있게 생략법을 써서 독자의 주목을 끌게 한다.

(178) 눈오는 저녁

바람자는 이 저녁
흰눈은 퍼붓는데
무엇하고 계시노
같은 저녁 今年은 …
물고운 紫朱구름,
하늘은 개여 오네.
밤중에 몰래 온 눈
솔숲에 꽃피었네.

(179) 紫朱**구름**

아침볕 빛나는데
알알이 뛰노는 눈
밤새에 지난 일은 ……
다 잊고 바라보네
움직어리는 紫朱구름.

(180) 愛慕

저 멀리 들리는 것!
봄철의 밀물 소리
물나라의 玲瓏한 九重宮闕의 오요한 곳,
잠 못드는 龍女의 춤과 노래, 봄철의 밀물 소리

어두운 가슴속의 구석구석 ……
환연한 거울속에, 봄구름 잠긴 곳에,
소솔비 나리며, 달무리 둘려라.
이대도록 왜 아니 오시나요. 왜 아니 오시나요.

이상의 (178)에서 잊었던 그 사람을 그리어 흘러간 지난 일을 되살리기 위한 '같은 저녁 금년은'에 초점이 모아지며 생략법이 쓰이었다. 이상의 (179)에서는 밤중에 몰래 온 눈이 아침볕에 빛나는데 밤새 지난 일이 어떠한가에 초점이 모아지며 생략법이 쓰이었고, 이상의 (180)에서는 오셔야 할 사람이 오지 않아 어두운 가슴속의 구석구석에까지 말 못할 정도로 기다리는 간절한 심정에 초점이 모아지며 생략법이 쓰이었다.

조기천의 시에서 여음법을 특이하게 많이 쓰고 있다. 여음법이란 시에서 여음을 남기기 위한 어음론적 수단을 말한다. 조기천 시에서는 다른 시들에서 찾아볼 수 없는 긴 여음을 보여주기 위하여 문장

부호 이음표 「— —」를 겹으로 써서 표시하였다. 이렇게 긴 이음표로 표시된 곳은 도합 485개나 된다. 짧은 이음표로 표시된 곳 (「—」)은 22개, 여음법은 도합 507개로 문장 부호의 표시가 뚜렷이 되어 있다. 김소월의 시에서는 여음 법 기호의 표시로 이음표 「—」 하나만 쓰고 겹으로 쓰인 곳은 찾아볼 수 없다. 여음법을 사용한 곳은 3곳뿐이다.

(181) 無題

사랑이 둥그더냐? 모나더냐?
사랑이 속속들이 정맞은 모난 돌이
나는 胎生이 西道로다.
수심가나 부르리라 —

(182) 無題

꿈이란 무엇인가?
영혼의 미소
悲哀의 故鄕
향기로운 들판의 푸른 흙덩이 —
울지 말아라 내 사랑아,
그곳이 우리들이 만나야 할 땅

(183) 無題

죽음의 계약이 —
내 荒凉한 가슴 속에 왕래하는
二, 三人의 옛벗을 바라보고는,
아! 이제 얼마 안 있어 당신들도 모두 必要없이 되겠어요.

이상의 (181)~(183)은 김소월의 시에서 여음법이 쓰인 곳인데 우에서 보다시피 어느 것이나 다 제목이 『무제(無題)』로 되어 있고, 사랑의 비애에 젖어 울부짖는 여음이 울리고 있다.

조기천 시에서는 이런 감정과는 달리 씩씩한 감정이 벅차 오르거나 투쟁 속에서 승리의 신념으로 굳은 마음을 다지거나 당과 조국, 인민의 앞에 충성을 심어 가는 장면 묘사에 여음법이 많이 쓰이고 있다.

(184) 생의 노래(제4장 12)

이곳 사람들은
그이를 잘 안다 —
당부위원장 박성우.
직장에 기쁜 일이 있어도
그이가 있어야 더욱 기뻤다
기계에 고장이 나도
창의 고안에 밤을 새우다도
그이에게 달려갔다 —
비록 기사는 아니지만.
합숙소에 앓는 사람 있어도
식당에서 영양분을 검증해도
그이 누구보다 먼저 왔다 —
비록 의사는 아니지만.
전로공들에겐
전로공으로 뵈여지고
철공들에겐
철공으로 뵈여지고 —
그이를 찾아보자
가벼워지는 걸음
날듯한 마음 —
덕보는 머리 들어
공장지구를 내다본다
이 아침 당부위원장이 한 말을

덕보 어찌 한평생 잊으랴 ―
경쟁은 새로운 로력의
아름다운 모습,
새로운 사람들의
아름다운 륜리 ―
　　……

　이상의 (184)에서 당부위원장 박성우의 인민을 위하여 몸바쳐 일하는 고상한 품성과 고매한 덕성을 구가하였으며, 그의 지도자 정신을 심장으로 받드는 덕보의 감격스러운 장면에 여음법이 쓰이었다.
　조기천은 시행 중간에 여음법을 27곳에 썼고 의성어 쓰임에 34곳, 의태어 쓰임에 4곳, 명령의 표시에 3곳, 이름을 부를 때 14곳에 사용하였다.

(185) 백두산 (제7장 4)

실망한 적도
머슥히 사격을 멈추고
뗏목도 강가에 붙을 무렵
강변에서 녀자의 부르는 소리 ―
『철 ― 호 ― 석 ― 준 ― 이 ―』
꽃분의 목소리였다

『철 ― 호 ― 철 ― 호 ―』
분명히 김 대장의 목소리
허나…… 대답은 없었다
물결만 분풀이하듯이
뗏목을 창 ― 창 ― 걷어차며
날뛴다 몸부림친다
『철 ― 호 ― 석 ― 준 ― 이 ―』

　　처녀의 애타는 부르짖음
　　그래도 …… 대답은 없었다 ……
　　압록강만 한 가슴 두드리며
　　어둠 속에서
　　쾅 ― 처절썩 ― 쾅 ―

　이상의 (185)은 정치원 철호와 최석준이 적들과 맞다들어 싸우며 뗏목을 타고 압록강을 건너다가 총탄에 맞아 장렬하게 희생되어 찬 물결에 몸을 감추는 장면이다. 이때 김대장, 꽃분이 등 사람이 이름 부르며 부르짖는 소리를 여음법으로 장면 묘사가 펼쳐지고 물결치는 소리와 폭탄 터지는 소리가 여음법으로 쓰여졌다.

3. 문자의 사용

　문자의 사용에서 두 시인은 서로 다른 특성을 보이고 있다. 즉 김소월은 우리 고유어 외에 한자어를 한자로 표기하고 있다. 그러나 조기천은 숫자(數字)를 표기할 때만 한자를 사용하였지 그 외엔 모두 우리 고유어로 표기한 것이 특징적이다. 다음의 (186)은 조기천의 시에서 뽑은 것이고, (187)은 김소월의 시 『팔베개 노래』의 일부를 옮겨 놓은 것이고, (188)은 김소월의 시 『三水甲山』이다.

　　(186)

　　　ㅇ 三천만이여!
　　　ㅇ 영남이란 一六의 소년.
　　　ㅇ 피투성이의 「三·一」을 다시 맞은 해 봄.
　　　ㅇ 五백년 왕업도

　ㅇ 五월의 대하인양 격랑이 도도
　ㅇ 밤에도 四월의 한밤

(187) 팔베개 노래

　　……

家長님만 님이랴
情들면 님이지
한平生 苦樂을
다짐둔 팔베개.
　　……

오늘은 하룻밤
단잠의 팔베개
來日은 相思의
거문고 베개라.
　　……

朝鮮의 江山아
네그리 좁더냐
三千里 西道를
끝까지 왔노라.
　　……

(188) 三水甲山

삼수갑산 내 왜 왔노 삼수갑산이 어디뇨
오고나니 奇險타 아하 물도 많고 산 첩첩이라 아하하

내 고향을 도로 가자 내 고향을 내 못 가네
삼수갑산 멀더라 아하 蜀道之難이 예로구나 아하하

삼수갑산이 어디뇨 내가 오고 내 못 가네
不歸로다 내 고향 아하 새가 되면 떠가리라 아하하

님 계신 곳 내 고향을 내 못 가네 내 못 가네
오다가다 야속타 아하 삼수갑산이 날 가두었네 아하하

내 고향을 가고지고 오호 삼수갑산 날 가두었네
不歸로다 내 몸이야 아하 삽수갑산 못 벗어난다 아하하

　이상의 (187)과 (188)에서 보다시피 김소월의 한자어는 명사에서뿐
만 아니라 형용사, 동사 등 다른 품사에까지 씌었다. 이런 예는 김소
월의 시 많은 곳에서 찾아볼 수 있다. 이를 통해 우리는 김소월은
한자어를 애용하고 조기천은 고유어를 즐겨 쓰는 것을 알 수 있다.
　우리말로 된 글이라면 구태여 설명할 필요가 없으며 일상 생활에
쓰는 생활어(生活語) 그대로 기 때문에 다른 사람이 이해하기가 쉬워
현실의 정취가 구체성을 띠고 직접 느껴져 구체적이여 직감적이다.
그러나 한자어로 된 문장은 함축적이고 추상적이기에 현실의 정취를
구체적으로 직감시기는 것이 아니라 마음 속으로 인식하여야 함으로
상징적이고 추상적이며 개념적이다. 따라서 순 우리말을 즐겨 쓰는
조기천은 구체적이고 직감적인 특성을 가졌고 한자어를 애용하는 김
소월은 추상적이고 개념적이며 상징적인 특성을 소유하고 있음을 알
수 있다.

제 **7** 장
결 론

　어음론적 표현 수단 선택에서 김소월은 일부 구전 민요적 작시 체계와 정형시 작시 체계에 입각하고 있으나 대다수 작품들은 민요적 풍격(風格)들을 창조적으로 계승하면서 그에 의해 창조된 새로운 자유시로 나타나고 있다. 김소월의 서정시 중에는 3·4조, 4·4조로 된 민요조도 있으나, 7·5조가 가장 많고 7·5조의 변조로 된 시, 불규칙적인 운각 배합 형태(韻脚配合形態)로 된 시도 있다.

　운율 조성에서 운각 배합 형태(韻脚配合形態)를 보면 3·3조인 동음량 연속 결합률(同音量連續結合律)(『팔베개노래』), 3·4조와 4·3조의 이음량 동위 반복률(異音量同位反復律)(『浪人의 봄』)이 교차율을 이루거나 동음량 수미 반복률(同音量首尾反復律)(『먼 훗날』등)로 율조의 흐름을 다양하게 하고 있다.

　조기천의 시는 대부분이 현대자유시로서 운각(韻脚)들의 배합 형태가 불규칙적으로 배합되면서 이음량 혼성 운율(異音量混成韻律)을 이루어 자유율을 조성하고 있다는 점이 특징적이다. 조기천의 시에서는 동일한 음절수를 가진 시어와 시행의 반복보다 동일한 시행음절수의 합의 반복으로 운을 조성하고 있는 것이 더 많다(『백두산』). 음수율은 동일한 음량을 가진 음절군(音節群)들이 연속 반복되거나 서로 다른 음량을 가진 음절군들이 규칙적인 혹은 불규칙적으로 반복 결합되는 데서 이루어졌다.

김소월의 시는 일반적으로 운각(韻脚)들이 규칙적으로 배합되면서 운율을 조성하였으나, 조기천의 시에서는 운각들의 배합 형태가 규칙적인 것이 아니라 운각들이 불규칙적으로 배합되면서 운율을 조성하고 있다.

운율 조성의 보조적 수단 이용에서 김소월 시에는 반복법, 중간 휴식법(中間休息法), 어순 전도법(語順顚倒法), 대구법, 다접속법 등이 활발하게 쓰이었는데, 조기천의 시에서는 열거법, 왕복법(往復法), 반문법(反問法) 등이 자주 쓰이었다.

음상학적 수단의 이용에서 김소월의 시에는 'ㄴ, ㄹ, ㅁ, ㅇ' 등의 유성자음으로 끝나는 종성의 시어들과 'ㅅ'음을 가진 자음들에 의하여 시적 감흥을 음향학적으로 잘 살려 썼으며 압운법과 가음(加音), 연음, 약음 등 운율 수단을 쓰고 있다. 조기천의 시에는 음향이 강한 거센소리와 된소리를 가진 단어를 많이 이용하고 있다. 그의 시어에는 받침소리 'ㄹ, ㅇ' 등 유성자음으로 이루어진 말들이 적지 않다. 시어 사용에서 강음조(强音調)언어가 많이 사용되고 압운, 가음(加音) 또는 약음(略音) 등 민족적 운율 수단도 이용되고는 있지만 김소월의 시에서보다는 아주 적게 쓰이었다.

시행 조직에서는 주로 단어 결합에 의한 『초월』현상이 일어나는데 비유법, 의인법, 문장부호법 등에 의한 『초월 현상』은 조기천의 시에서 김소월의 시에서보다 훨씬 우세를 보이지만 문장 성분 위치 바꿈에 의한 『초월 현상』은 조기천의 시에서보다 김소월의 시에서 더 우세를 보인다.

시련 조직에서 김소월의 시의 기본을 이루고 있는 것은 7·5조이고 4행 또는 3행이 한 연을 이루고 있는 시가 많으며 2행, 3행, 4행, 5행, 6행이 한 연을 이룬 것, 이런 유형이 한 시편에 서로 얽혀 배합되어 있는 시도 있고 그 밖에 분절하지 않은 단련체(單聯體)시도 적지 않게 보인다.

조기천의 시에서는 김소월의 시에서처럼 시련 조직이 규칙적인 틀에 매이지 않고 자유롭게 되고 있다. 특히 조기천의 장편서사시들이 그러하다. 그의 서정시편들에서는 김소월의 시처럼 연 조직이 일정하게 규칙적인 면도 있으나 대부분의 경우 매 연의 행수가 고정된 것이 아니라 같지 않은 행수의 연이 서로 얽혀 배합되어 있다.

어휘론적 표현 수단에서 시인의 개성은 시인의 어휘 소유량과 단어 선택 사용에서 찾아볼 수 있다.

명사 선택 사용에서 조기천 시에서 김소월 시에서보다 8.7%가 우세를 보이는데 수사와 대명사 선택 사용에서는 비슷한 비율을 보이고 있다. 동사와 형용사 선택 사용에서는 김소월의 시가 조기천의 시보다 우세를 보인다. 체언의 사용은 조기천의 시에서 우세를 보이고 용언의 사용은 김소월의 시에서 우세를 보인다. 체언이 많이 쓰인 문장은 개념성이 강하고 용언이 많이 쓰인 문장은 추상성이 강하다. 이를 통해 볼 때 김소월을 내성적, 자기적인 성격의 소유자이고 조기천은 외향적, 사회적인 성격의 소유자임을 엿볼 수 있다. 부사의 선택 사용에서 김소월의 시가조기천의 시보다 2% 우세를 보이고 관형사, 감탄사의 선택 사용에서는 별반 차이가 없다. 상징어 선택 사용에서 비슷한 비율을 보이고 있으나 조기천은 의성어로써 운율 조성에 적극 이바지하면서 무게 있는 시어(詩語)를 사용하고 있다.

단어의 선택 사용에서는 두 시인의 시대적 차이를 확연히 드러내는 시어들을 쓰고 있다. 그리고 김소월은 조기천보다 형용사와 대명사를 더 다양하게 사용하고 있는데, 조기천은 김소월보다 어감이 세고 울림소리가 강한 어휘를 선택하여 사용하기를 좋아한다.

문장의 선택 사용에서는 김소월의 시가 정형시이어서 시행 조직이 간단하고 엄밀하여 간결한 느낌을 준다. 그러나 조기천의 시에서는 김소월의 시에서보다 단순단일문의 사용 비율이 17%나 높다. 확대단일문의 사용 비율은 조기천의 시가 김소월의 시보다 6% 낮다. 단순복합문의 사용 비율은 조기천의 시가 김소월 의 시보다 13% 낮고, 확대복합문의 선택 사용이 3.7%가 낮다. 조기천의 시의 단순단일문은 전체 문장수의 근 47%에 달하여 문장 형식이 간결함을 의미한다. 문장의 구사에서도 조기천의 시는 김소월의 시보다 S-V/O-V형으로 간결하게 짜는 경우가 많다. 확대단일문의 구사에서도 조기천의 시는 확대된 문장 성분을 같은 위치에서 규칙적으로 전개하여 쓰는 경우가 많기 때문에 시행이 수십 행으로 늘어나도 문장을 쉽게 이해할 수 있다. 김소월의 시는 행과 연 조직이 간단하나 문장 성분의 같은 위치에서의 규칙적인 확대는 찾아보기 힘들다. 확대 성분이 흔히 불규칙적으로 짜여 있어 문장의 이해에 어려운 느낌을 준다. 확대복합문의 경우도 확대단일문의 경우와 별로 다름이 없다. 명명문(命名文)에서도 조기천은 단순규정형을 가진 명명문을 즐겨 쓰는데 확대 구조를 가진 명명문이라고 하더라도 확대 성분의 길이가 짧은 것이 특징적이다. 김소월의 시에서는 단순구조의 명명문보다도 확대구조의 명명문이 대부분의 비중을 차지한다. 따라서 조기천의 시는 김소월의 시보다 문장 구사에서 간결성이 보장되었다고 볼 수 있다.

문체론적 수법에서 조기천은 다양한 표현 수단을 능란하게 이용하고 있다. 그는 문장 부호법을 다양하고 빈번히 사용하고 있다. 감탄법, 호소법과 같은 문체론적 수법을 이용할 때에는 흔히 느낌표(!)를 쓰고, 여음법(餘音法)을 이용할 때 긴 여음을 남기기 위한 표시로서는 문장 부호법에서의 이음표를 두 개 연이어 길게 「—」쳐서 표시하고 짧은 여운을 남기기 위한 표시로서는 이음표 「 - 」하나로 표시하여 특이하게 쓴다. 생략법, 중단법(中斷法) 등을 이용할 때에는 생략 부호(… …)를 쓰고 반문법(反問法)을 이용할 때에는 주로 물음표를 쓰기도 하며, 강한 호소 또는 호소와 감탄을 어울려 나타낼 경우에는 느낌표(!)를 사용하기도 하였다.

문체론적 수법의 융합적 실현으로 이루어질 경우 해당한 문장 부호법을 겹으로 써서 표현적 효과를 높이었다.

조기천의 시에서 문장 부호 표시(도합 1365개)만 보더라도 해당한 문체론적 수법의 다양한 이용을 유표하게 드러내 보이었다.

김소월의 시에서는 느낌표(!)의 표시에 의한 영탄법이 애상과 슬픔으로 나타난 경우가 적지 않게 보이기는 하나 조기천의 시에서처럼 빈번하게 격정이 높은 표시로는 쓰이지 않았다. 김소월의 시에서 나타난 '원망스러운 한과 고독', 애절한 표시는 저항시인의 성격적 발로와도 관련된다.

표현 수법의 쓰임에서 조기천의 시에서는 일반적으로 어휘론적 수법이 활발하게 쓰였는데, 김소월의 시에서는 문장론적 수법이 보다 많이 쓰이었다.

김소월의 시에는 여러 가지 반복법, 연쇄법, 왕복법, 전도법, 대조법, 대구법 등 문장론적 수법이 어음론적 수법과 어울리어 운율 조성을 위해 효과적으로 쓰이었다.

문자의 사용에서 조기천은 숫자(數字)를 제외하고는 고유어를 사용하였으나 김소월은 명사·동사·형용사 등 품사에서 한자어를 많이 사용하고 있다. 이는 조기천 시인은 구체적이고 직감적인 성격인 반면에 김소월은 추상적이고 함축적인 성격임을 알 수 있다.

참고 문헌

김용직(1981), 『김소월전집』, 서울 : 문장사.

______(1953), 『조기천선집』 연변교육출판사.

김기종(1998), 『시운률론』, 동북조선민족출판사.

김길성(1989), 『시인의 개성과 언어수단선택연구』.

김병민(1994), 『조선문학사』, 연변대학출판사.

김병선 · 전정구(1994), 『소월의 시어와 그 쓰임새』, 서울 : 한국문화사.

류은종(1996), 『조선어의미론연구』, 료녕민족출판사.

리원길(2002), 『조선어문체론개설』, 북경 : 민족출판사.

리인모(1980), 『문체론』, 서울 : 이우출판사.

리정구(1953), 『시인 조기천론』, 문예총출판사.

박갑수 · 이주행 · 이석주(1990), 『신문 기사의 문체』, 서울 : 한국언론연구원.

박갑수(1995), 『국어문체론』, 서울 : 대한교과서주식회사.

박갑수(1998), 『현대문학의 문체와 표현』, 서울 : 집문당.

박용순(1978), 『조선어문체론연구』, 평양 : 과학백과사전출판사.

신동욱(1981), 『김소월』, 서울 : 문학과 지성사.

신동욱(1982), 『김소월연구』, 서울 : 새문사.

엄호석(1958), 『김소월론』, 조선작가동맹출판사.

오하근(1995), 『김소월시어법연구』, 서울 : 집문당.

윤세평(1961), 『현대작가론』, 조선작가동맹출판사.

이숭원(1994), '시의 문체', 『국어 문체론』, 서울 : 대한교과서주식회사.

이주행(1991), 『남북한 신문 문체 비교 연구』, 서울 : 한국언론연구원.

이주행(2001), 『한국어 문법의 이해<개정판>』, 서울 : 월인출판사.

이주행(2002), '김유정의 동백꽃과 이상의 날개의 문체 비교 연구',
        『세계속의 한국(조선) 문학 비교 연구』, 북경 : 민족출판사.

조동일 · 윤주은(1983), 『김소월시선연구』, 서울 : 학문사.

최명식 · 김광수(2000), 『조선어문법』, 연변대학출판사.

황석자(1995), 『현대문체론의 리론과 실제』, 서울 : 한신문화사.

부록 1.

김소월의 시에 쓰인 상징어

작품명	의성어	의태어
풀따기		해적해적
옛이야기		가지가지
담배		어물어물
父母		우수수
새벽		우뚝우뚝
여름의 달밤		아슬아슬
길	까악까악	
접동새	접동(3)	
집생각		중중(2), 첩첩
하다못해 죽어 달래나 옳나		어둑어둑
江村	쌀쌀	반짝
孤寂한 밤		방울방울
길손		뾰죽뾰죽
꿈자리		홈싹홈싹
눈물이 쉬르르 흘러납니다		쉬루르
돈과 밤과 맘과 들	움마	반짝, 반짝반짝
해 넘어가기 前 한참은	음마	모루모루, 번쩍
대수풀 노래	쟁강, 어겻차	총총
팔베개 노래	꼬꾸요	
三水甲山		첩첩
가시나무		덤불덤불(2)
합 계(개)	10	23
비 율(%)	30	70

부록 2.

조기천의 시에 쓰인 상징어

시의 종류 (작품명)	의 성 어	의 태 어
장편서사시		
백두산	쉬 - 쉬 -, 따웅 -, 따 - 웅 -, 악(3), 땅 -, 잉 - 잉 -, 하…하…하…, 까욱…까욱(2), 뻐꾹 - 뻐꾹 - (2), 잘각, 쩌엉, 썩 - 썩, 푸 - 푸, 잉, 쾅 - 쾅, 와 - 와 -, 쿨 - 쿨 -, 따 - 따 - 따, 쾅 - 쿵, 땅 - 땅, 떼 - 엥 -, 꽝 - 꽝, 창 -, 처절썩 -, 창 - 창 -, 쾅 - (2), 처절썩,	주름주름, 두리번두리번 -, 가물가물, 덥썩, 쭉, 번쩍(2), 주섬주섬(2), 산산, 떨기떨기, 팅팅, 휘익, 처억(3), 휘 - 익, 꽈악, 휙, 훨 - 훨, 이륵이륵, 가담가담, 허둥지둥, 잠잠, 툭 - 툭, 칭칭, 스르르, 얼른, 우수수(2), 휘휘, 어글어글, 꿈틀, 번뜩번뜩, 쭈욱, 왈칵, 우둑, 우뚝, 함빡, 무럭무럭
생의 노래	쩡쩡, 찍, 푸푸라, 우루루 - 우루루, 쟁쟁, 딱 - 타 - 다 - 닥, 뎅가당, 찡, 픽	건정건정(3), 무럭무럭, 치렁치렁, 훨훨, 버럭, 우중충, 이글이글, 콸콸, 구슬구슬, 탁, 줄기줄기(2), 슬쩍, 화끈, 설설, 거무락푸르락, 어슬어슬, 번글번글, 데굴데굴, 군데군데, 칠칠, 또록또록, 뚜벅뚜벅, 우뚝(2), 이리저리, 떨기떨기, 갈팡질팡, 빙, 우수수, 와락(2), 겹겹, 붉으락푸르락, 털썩, 빙그레, 번쩍, 얼싸, 움실움실

서정시	똑똑(2), 와와, 와-아	훨훨, 굽이굽이, 함뿍, 흐느적흐느적, 황황, 츠렁츠렁, 사뿐, 오락가락, 창창, 구슬구슬, 껑청, 불쑥, 줄기줄기, 써억, 홧홧
서정서사시	철컥, 철철, 좔좔, 콸콸, 잉-잉, 우우우쿵-, 와찌끈 탕탕, 저벅-저벅-, 처억-처억-, 퍼엉-(3), 땅(2), 하…하…하…	휘휘, 훨훨, 번쩍(7), 성성, 으쓸으쓸, 드르르, 반즈르르, 활짝(2), 반짝(2), 와락, 쪼각쪼각, 어슬렁어슬렁, 질질, 측, 우썩우썩, 우쭉우쭉, 썩, 벌떡, 오리오리, 훨-훨-, 후딱, 모금모금, 떨기떨기, 울칵, 번뜩(2), 토슬-토슬, 이글이글, 무시무시, 홧-홧-, 희슥희슥, 버-쩍, 우락부락, 너울너울, 무럭무럭, 줄기줄기, 왈칵
합　계(개)	61	141
비　율(%)	31	69

저자소개

강 용 택

· 중국 중앙민족대학교 조선어언문학계 교수

김소월과 조기천의 시어 사용 양상 비교 연구

인 쇄 2003년 1월 20일
발 행 2003년 1월 25일
지은이 강 용 택
펴낸이 이 대 현   영 업 안 현 진
편 집 이은희 · 조유미 · 박진희
펴낸곳 도서출판 역락 / 서울 성동구 성수2가 3동 301-80
        (주)지시코별관 3층(우133-835)
Tel   대표 · 영업 3409-2058 편집부 3409-2060 FAX 3409-2059
E-mail   yk3888@kornet.net / youkrack@hanmail.net
등 록 1999년 4월 19일 제2-2803호
정 가 10,000
ISBN 89-5556-183-0-93810